ねえ♡ねえ♡姉

ne-♡ne-♡sister

著　黒瀧糸由
画　choco-chip
原作　アトリエかぐや BARE&BUNNY

ぷちぱら文庫

雨宮《あまみや》 伊鞠《いまり》
近郊のステーションビル内に歯科医院を構える開業医の巨乳美女。歯を食いしばるアスリートの口腔ケアが評判で、高司の担当を決して他のスタッフには任せない。
高鷲《たかす》 佳伽《よしか》
近郊のステーションビル内にオフィスを置くネットショッピング会社で勤務する巨乳美女。幼いころから従弟の高司に夢中で、過剰なほどの世話を焼き続けている。

長岡《ながおか》 璃燈《りと》
近郊のステーションビル内にあるリラクゼーションサロンで一番の技量と言われる巨乳美女。豪快かつ強引な性格で、セクハラまがいの施術で高司を籠絡しようとする。

楠国 高司　くすぐに たかし

初月学園の学生で体操部のエース。
体育会系なので筋肉質だが、小柄で
可愛らしい顔つきのため、年上女性
から狙われまくっている。

第一章　とりまく姉たち

私立初月学園体操部。かつては無名校だったが優れたコーチを招聘《しょうへい》し、環境を整えたことで近年体操界で最も注目される存在になっていた。現在数多くの部員が所属しているが、一際存在感を示している選手がいる。

「楠国《くすぐに》！　つま先を揃えろ！」

平行棒の上で倒立する楠国高司《たかし》にコーチが厳しく注意を飛ばす。平行棒のバーを掴んだ倒立は簡単なものではない。全身を真っ直ぐに伸ばし、つま先までピンと伸ばす。

「ほぉ……」

その美しい姿勢にコーチはもちろん、他の男子部員、三人の女子マネージャーたちまでもが見入ってしまう。

「よし、いいだろう」

コーチの声に高司は軽く回転しながら床に軽やかに着地した。

「ふう…………」

軽く息を吐くと、たちまち女子マネージャーたちがタオルを持って駆け寄ってくる。

「楠国くん♪　このタオル使って」

「ドリンクよ♪」

「エナジーゼリーは、いる？」

「え、えと……ありがとうございます……」

背は女子たちよりもやや低く、顔立ちはイケメンというよりも可愛らしい方向。体操選手なので当然身体はガッチリしているのに、醸し出される雰囲気は母性欲を昂《たか》ぶらせてしまうようだ。

「ねえ？　他にしてほしいことない？」

「疲れてるよね。マッサージしよう」

「もっとしてもいいんだよ？」

群がるマネージャーたちは完全に発情した目をしており、高司は勢いに負けていた。

「こら！　まだ練習中だ。邪魔するんじゃない！」

コーチからの叱責が飛ぶと、女子たちは軽く舌打ちをして離れていった。彼女たちがいなければ部の運営に支障があるため大目に見られているが、コーチにも悩みの種だった。

「なんで楠国って、そんなにモテるんだろーなー？」

「あの人たちに聞いてくれよ」

俺も迷惑しているんだ、という言葉はさすがに呑み込んだ。

実際、高司はモテる。年上からは特に。子供のころは、年若い女性たちに連れて行かれそうになったことが一度や二度ではない。

（ホント、困るよ……）

軽く溜息をついて、高司は再び平行棒に向かっていった。


「ただいまぁ……」

家に戻ると、高司は軽く安堵の息を吐いた。練習での疲れはもちろん、下校にも難関が待っているのだ。

学園から最寄りの駅まで電車に乗るが、今日もまた女性たちから熱い視線をたっぷりと浴びてしまった。乗客が多いときなどは身体を触られたり、オッパイを露骨に押しつけられることもある。

家に帰ればそんな視線もないので、やっと安心できるのだ。

しかし……。

「タカ君、おかえりぃ〜〜♪　ギュッ♥」

「よ、よし姉《ねえ》……来てたの？　くっ、は、放して！」

「タカ君、お従姉《ねえ》ちゃんにギュってされるの好きだったでしょ♥」

困っている高司に容赦なく抱きついている女性は高鷲佳伽《たかすよしか》。高司の従姉《いとこ》で、家が近いこともありずっと彼を弟のように可愛がっており、隙を見せればこうして抱きついてくるのだ。

「汗臭いから、よし姉ぇ！」

「くんくん。んー？　いい匂いだよぉ～♪」

「嗅ぐのはやめてって。ちょっと放してってば」

「いや♪」

そんな二人のじゃれあいを気にすることもなく、母親の令子《れいこ》が息子に言った。

「ゴハンの前にお風呂入っちゃいなさい。佳伽ちゃん、よろしくね」

「はぁ～い♥」

「よろしくじゃないってば！」

高司はどうにか佳伽のハグから逃げ出し、自分の部屋に急いだ。


「よし姉ぇも母さんも、扱いが子供のころのまんまだもんなぁ……」

部屋に戻って荷物を置くと、佳伽が母親とリビングでおしゃべりしているのを確認してから浴室に入った。すでに湯船にはお湯が張られており温かそうに湯気をあげている。

「はぁ……疲れた……。平行棒は良かったよなー」

今日の練習のことを思い返しながら、シャワーを浴びる。汗が乾いてベタベタしていた肌が、お湯で洗われてスッキリしてきた。

「でも、やっぱり吊り輪は俺、苦手だ」

体操は大きく分けて回転系の種目と、腕力系の種目とがある。小柄で身軽な高司は鉄棒や跳馬などの回転系は得意なのだが、鞍馬や特に力が必要な吊り輪は苦手だった。トップ選手が軽々とこなす十字懸垂など高司にはまだまだ難しい。

「練習あるのみ、か」

「うん。タカ君がんばれ♪」

「ありがと……って、よし姉ぇっ⁉　なんで⁉」

体操のことを集中して考えていたので、佳伽が入ってきたことにまったく気付かなかった。もちろん佳伽は全裸で、大振りのおっぱいが完全露出し、ピンク色の乳首もしっかり確認することができてしまう。

慌てて高司は百八十度ターンし、佳伽に背を向けた。

「体操の練習疲れたでしょ？　お従姉ちゃんが隅から隅までぜーんぶきれぇーに洗ってあげるからね♪　はい、こっち向いてー？」

「い、いいって！　自分でできるから！」

「遠慮しないの。小さいころも、こうやって洗ってあげたでしょ」

「大昔の話だろ！　よし姉ぇ、出て行っ……ひぇ⁉」

高司の焦りや抗議など気にすることなく、佳伽は身体を洗うスポンジを手に取ってボディーソープを垂らし、鼻唄を奏でながら彼の背中を洗い始めた。

「う、わ……。ん……」

これ以上騒ぎ立てると逆に面倒なことになりそうで高司は口を閉ざした。昔から高司のことになると猪突猛進タイプで、他のことがまったく見えなくなるのが佳伽という従姉だった。思い切り拒否すると泣き出すことさえある。

恥ずかしさを堪えながら、高司は身体を洗われていった。

「はい。背中終わったよ。じゃあ、前を洗うから。こっち向いて？」

「よ、よし姉ぇ、それはさすがに……」

「大丈夫。お従姉ちゃんは、何もしないから、ね？」

子供のころから何度も見せられている優しい笑みと声。いくら高司が突っぱねようとしても、この笑顔を見せられると抗うことができなくなる。

「っ……」

必死に恥ずかしさを押し殺して、高司は正面を従姉に向けた。

「じっとしててね。すぐに終わらせるから」

笑みを浮かべたまま佳伽は丁寧に、丁寧に愛しい従弟の身体を洗い始めた。

「ここも、洗うね？」

　いよいよ股間を洗う段になって、佳伽が尋ねてきた。とてつもなく恥ずかしいが、今さら拒否もできない高司は頷くしかない。

「じゃ……。キレイにしようね……」

　泡塗《まみ》れの手が優しく肉棒に添えられた。そして、スポンジが優しく撫でてくる。

(これは洗ってるだけ……。よし姉ぇは洗ってるだけで……。意識するな……)

　と必死に念じたところで身体は正直だった。

「あ、あの……。こ、これ……」

「え、えと、ごめん！　気にしないで、ぁ、洗って……」

　恥ずかしげに頬を染めて尋ねてくる従姉に、妙なことを言ってしまった。佳伽は小さく頷くと再びそこを洗い続けるが、肉棒は敏感に反応してビクビクと戦慄《わなな》き、ムクムクと大きさを増していく。

　佳伽の顔を見ないようにしながら高司は耐えていたが、さすがに限界だった。

「よ、よし姉ぇ……。も、もう……そこはいいから……」

「はぁ……はぁ……」

「えっ⁉　どうしたの‼」

　苦しげに息を漏らす佳伽の声が聞こえて、慌てて従姉を見た。顔が真っ赤になり、目がトロンと蕩けている。

「だ、大丈夫？　変なモノを近くで見て気分悪くなった……？　だったら、もう……」

「ごめんなさい。我慢できないお従姉ちゃんを許して！」

高司の気遣いの言葉を佳伽は途中で遮り、肉棒をギュッと掴んだ。そして……。

「はむぅ……んっ、ちゅろ、れろぉ……うぅんっ……♪」

微塵《みじん》もためらうことなく、佳伽は勃起した肉棒を口に咥え込んだ。泡が付着していることなど気にせず、嬉しそうに先端を口中で舐め続ける。

今まで高司を溺愛してきた従姉でも、性的なことはされた記憶はない。だが、無防備な肉棒をいきなり咥え込まれてしまった。予想もしていなかった行為に高司は驚き、身動きができない。

「ぢゅるんっ、ぢゅ、ぴちゃ、れろぉ、ふぅんんっ、んちゅるっ……じゅぶぶ」

「よ、よし姉ぇっ⁉　なにしてっ……。くぅぅうっっ‼」

「ちゅぽ……ぢゅりゅりゅ……じゅりゅ……。じゅぶぶ……っ‼」

佳伽がオッパイを押しつけてきたり、そっと股間を触られることは今まで何度もあった。

だが、こんな直接的な行為は初めてで高司は激しく混乱してしまう。

「よし姉ぇぇ……。お、落ち着いてぇ……くぅ……」

「じゅぽ……ぶちゅ……んぐ、んぐぐ、んじゅぶっ」

「くあっ、あぁっ！　そ、そんな強く吸わないで……っ……くぅ……」

思わず吐いてしまった弱音を聞いて、佳伽の身体がゾクゾクと震えた。

「んぁ……ぁぁ……タカきゅん、かわいすぎぃ♪　どこまでおねぇひゃんを昂奮させるのぉ……じゅぽっ。じゅぼっ……じゅぽぽぽっ……」

佳伽のフェラチオは巧みだった。高司の快感ポイントを的確に刺激し、快感を高めてくる。その気持ち良さに息を漏らしながら、胸が締めつけられるような痛みを感じていた。何しろ佳伽のフェラチオは……。

（う、上手すぎる……。よし姉ぇって、誰かにこういうことしてるってことか……？）

事あるごとに執拗に身体を絡みつかせてくる従姉に彼氏がいると想像したこともない。だが、佳伽は立派な大人で社会人であり、付き合っている男性がいても普通だ。

「よ、よし姉ぇ……。こ、こんなこと、どこで……。か、彼氏にしてる……とか？」

「じゅぽ……ちゅぽ……。彼氏なんて、いないもん……だって、これは……」

「な、なんだよ？」

「タカ君には教えない！　じゅぽ、じゅぽ……じゅぽぽぽっ!!」

何かをごまかすように佳伽は口内に肉棒を思い切り頬張った。そして、先端を大胆に扱《しご》き、吸い込み始める。

「んぢゅる、んぢゅりゅ……ぢゅぶ、ぢゅぶ……。じゅぶ、じゅぶぶ……。タカ君は……お従姉ちゃんの……じゅぽ……ぢゅぶ……、ぢゅぶ……！」

恐ろしいほど的確にカリ首裏や鈴口など最も感じる箇所を責め立ててくる佳伽。彼氏がいないと言っていたが本当なのか？　本当なら、どうしてこんなにフェラが上手いのか。そんなことを考えながらも、快感は全身を駆け巡り肉棒をしゃぶる従姉の顔を見てしまう。

「ぢゅりゅ……ぢゅりゅ……じゅぶっ、じゅぶぅ……。ああ、おいひぃ……♪　ごほうし、れきるの……しあわせぇ……ぢゅるるっ。じゅぶぶぶ♪」

言葉どおり本当に嬉しそうに、佳伽は肉棒を咥えて味わいながら舌を巧みに動かしていた。カリ首に唇が引っかかるたびに走る快感の衝撃で、肉竿全体が震えてしまう。

「くっ、はぁっ！　よし姉ぇっ……くぅぅ……！」

「おちんちん、ぴくぴく、してきたぁ……♪　れそうらの……？　お従姉ちゃんのおくちの中に射精しちゃうの？ んちゅ、んちゅ、じゅぶっ！ んっ、じゅぶぶぶ！」

前かがみの姿勢で肉棒をしゃぶっているので、頭を動かすたびに大きな乳房がぷるんぷるんと揺れている。その光景は高司をさらに強く昂奮させた。

「射精……従弟ミルク、らされちゃうぅ……♪ んむぅ、ぢゅ、ぢゅるるっ、ぴちゅる、ぢゅぢゅっ、んちゅるるっ!! ぢゅぶっぶっぶぶぶっ!!」

「っっっ！ 激しく、吸いすぎっ……ああ、待ってて、本当に出ちゃうってっ！」

「いひぃよぉ♪ じゅぼっ、じゅぼぼぼぼ♪ らひれぇ♪ お従姉ちゃんのお口にぃ」

射精を耐えるなどとてもできない。射精感が高まってきて膝が震えてしまう。

「じゅぼっ、じゅぼっ！ じゅぼっ！ 射精してぇ♪ お従姉ちゃん、全部、呑んじゃうからぁ……♪ じゅぶっ！ じゅぶぶぶっ!!」

ビクビクと肉棒が暴れるのを口の中で感じ、射精が近いと判断した佳伽は責めるスピードを加速させた。

「ぢゅるっ、ぢゅぢゅっ、んふぅ、ぴちゅるっ、ぢゅるるるっ、ぢゅぢゅぢゅっ!!」

「ふっあっ！ くっ！ あっ！ あっ、あっ、よ、よし姉ぇっっ!!」

思わず佳伽の名前を叫びながら、従姉の口の中に精液を大量に射出した。

ものすごい勢いで飛び出してくる白濁液。それを佳伽はためらわずに口で受け止める。その間も射精は二回、三回と続き、口の中に溜まっていった。

「んぐぅ！　んぶふぅ……んっ……こく……こく、んぐ……んっ……」

「う……うう……。吸い、とられる……っ……」

搾りたての精液を佳伽は味わいながら嬉しそうに呑み込んでいく。

（よし姉ぇ……呑み慣れてる？）

初めてのフェラチオ射精での快感に震えながらも、高司は頭の中でそんなことを考えていた。肉棒への責めも、射出された精液の扱いも、すべてが経験に基づいているように見えて高司の胸は再び痛んだ。

「ふぁ……ああ……やっぱり、多いね……味も凄く濃かった……♪」

ようやく口を離した佳伽は、まだ硬さを残している肉棒を握りしめながら高司を上目遣いに見つめてきた。明らかに欲情に濡れた瞳で。

「ね……。タカ君……。もっと、気持ちいいこと……」

「う、わ……！　あ、あ、あの！　えと、ありがと‼」

このままでは、もっと深い性行為をしてしまう。そう感じた高司は逃げ出していた。

「タカ君。こっちのも食べて？　お従姉ちゃんが作ったんだから♪」

「う、うん……」

夕食の時間になると、佳伽は当然のように隣に座って甲斐甲斐しくお世話をしてくる。正面に座る母親は見慣れた風景なので、今さら何も言ってこない。だが、高司は普段以上に照れ臭くて仕方がなかった。

何しろ、風呂場であんなことをされたのだ。佳伽のほうは何事もなかったかのように身体を密着させてくるが、高司は落ち着かない。

「ほらー、もっとよく噛まないとダメだよー？」

「う、うん……」

どうしてあんなことをしたのか？　彼氏がいないとは本当なのか？　本当なら、あのフェラテクはどこで覚えたのか？　そんな疑問を佳伽にぶつけられないまま、高司は悶々としつつ夕食を食べ続けた……。


次の日。練習が終わると三白川駅前のステーションビル内にある、雨宮《あまみや》歯科《しか》医院《いいん》にやって来ていた。

べつに虫歯があるわけではない。器械体操競技は歯にかかる圧力がケタ違いに大きく、ヘタな噛み合わせをしているとケガに繋がることもあるのだ。だから高司も早いうちからマウスガードを使っており、成績の上昇とともに定期的に歯のメンテナンスをしている。

ここは体操部の全員が通っている歯科医院で、プロのアスリートも利用していることで知られており多様な患者が通っている。

「えーと、右の奥歯は……うん……」

医院に所属するスタッフは誰もが一流だが、その中で特に高い評価を受けているのが院長の雨宮伊鞠《いまり》だった。医院全体でかなりの患者を抱えているため、伊鞠に直接見てもらう機会はかなり限られており、宝くじで一等を取るよりも難しいと言われる。事実、体操部男子で彼女に見てもらえた者は、高司以外、いない。

だが、高司がメンテを受けるときだけは、なぜか常に伊鞠だった。

「はい、ちょっと、向こうを向いて。うん、そうよ」

伊鞠が患者を診るのは専用の特別室。最新の設備が揃っている個室で、他の治療エリアからは隔離されていた。

診察用の椅子は背もたれが倒れて水平に伸び、仰向けの高司は自然とのけ反るような格好となって口が開いている。マスク姿の伊鞠は医師用の椅子に座って歯のメンテをしているが、知性溢れる美しい顔の手前には巨大なおっぱいの山があった。

(相変わらずいい眺めだな)

佳伽も美人だが、伊鞠は別タイプの美形だった。思わずその顔に見とれてしまいそうになり、高司は慌てて視線を逸らす。

「これで大丈夫ね。じゃ、反対を見るわよ……」

伊鞠の位置から奥にある側の歯を見るために、高司に覆い被さってくる。服越しではあるものの、大きすぎる乳房が目の前に迫ってきたので息を呑んでしまった。

「んー、マウスガード効いてるみたいね。特に大きな損傷はないわ」

じっくりとチェックされた後、ようやく伊鞠が椅子に座った。オッパイが目の前からいなくなって少しガッカリもしている。と、思わず昨夜の佳伽を思い出してしまう。従姉の乳房もかなりのサイズで形も良く、ピンク色の乳首はとてもエロかった。

(あ、バカ……)

佳伽のオッパイを脳裏に浮かべただけで股間がムズムズしてきた。院長に気付かれたら軽蔑されることだろう。高司はどうにか気持ちを落ち着かせると、幸い股間の反応も止まってくれた。

「噛み合わせのバランスもいいみたい。練習のときは必ずマウスガードをつけてね」

「はい。ありがとうございます」

施術が終わり、ホッと息を吐いた。歯や顎に異常があれば、最悪練習を休むことになる。まだ早い時間なので、このまま学園に戻って練習もできるだろう。仰向けの高司は、今日の練習メニューを考えながら背もたれが起き上がるのを待った。

(……あれ?)

ところが背もたれは持ち上がらず、伊鞠が椅子に座ったまま高司の顔を見つめていた。心なしか、怒っているようにも見える。

「ねぇ。楠国君。先生、一つ聞きたいことがあるんだけど」

治療のときとは違う声色に、高司の背中にピリッと電流が走った。間違いなく怒っている。だが、その原因がまったくわからない。

「な、なんでしょうか……？」

「あなたの身体から女性の匂いがすごくするんだけど。どういうこと？　ここに来る前に彼女といかがわしい行為をしたの？」

「ま、まさか！　か、彼女なんていませんし」

いかがわしい行為と聞いて、佳伽の顔を思い浮かべてしまったがすぐに振り払う。

「ふーん……じゃあ？　この匂いはなに？」

「え、ええとですね」

その理由はわかっていた。女性にやたらとかまわれる体質（？）のせいか、通学中も二日に一度くらい痴女行為をされるので高司はかなり鈍感になっている。学園からここに来る際も電車に乗るが、背後に立った年上と思われる女性が身体を押しつけてきていた。

そのときの残り香を伊鞠は感じたらしい。痴女行為に鈍感になっているので、高司はすっかり忘れていた。

「ふーん。そう……それは可哀想に……」

話を聞き終えた伊鞠はそっと立ち上がると、仰向けの高司の頭を抱きしめた。

「んわ⁉　ぷ……せ、んせ……」

「ごめんね。先生知らなかったわ。あなたが電車でそんな嫌な目にあってるなんて。傷ついちゃうわよね……。もっと甘えていいのよ？　怖かったわね……」

深い谷間の間に顔が埋まり、優しく頭を撫でられている。正直言えば、痴女に遭遇するのは慣れっこなのだが、そう言える雰囲気ではない。顔いっぱいに伊鞠の柔らかい部分を感じ、高司は戸惑っていた。理知的で頼りになる雨宮院長から、こんなことをされるのは初めてでどう対応していいのかわからない。

（これがよし姉ぇなら逃げ出すんだけど……）

歯のメンテに来るたびに甘い言葉を囁かれて困ったことはあったものの、こんな接触をしてくるとは計算外だった。

ただ、困ったことに嫌ではない。昨夜の佳伽もそうだが、年上の魅力的な女性から抱きしめられて冷静でいられるはずがないのだ。何しろ、歯のメンテのたびに「いい眺めだなー」と思っていた部分が、グイグイと顔に押しつけられている。

「ねぇ、楠国君。先生、とっておきの癒し方、思いついちゃったんだけど、受けてみる？」

「え……？　とっておきの……？」

「してほしい？」

「は、はい……」

拒否などできるはずもない。高司が頷くと、伊鞠はニッコリと微笑んで上着をたくし上げた。高級そうなブラジャーが露わになって焦る高司に笑みを浮かべながら、院長はホックを自分で外して下着もずらしてしまう。

「ふ……わ……」

目の前に、大きな大きなオッパイが現れた。白くて、丸くて、少し赤味の強い乳首はツンと上を向いている。

「あ、あの、先生……？」

「さあ、たっぷり私に甘えなさい」

優しく囁いた伊鞠は、高司の股間に手を伸ばし、ジッパーを下ろしていった。そして、硬くなりかけている肉棒を掴んで外に出し、優しく上下に扱き始める。

「う、わ……」

昨夜に続いて年上の女性から肉棒を責められ、高司は身体を怯ませた。

「楠国君、女の人にこういうことされるのは初めて……？」

「え……あ……」

佳伽のフェラチオがなければ、すぐに「はい」と答えただろう。一瞬の躊躇が、伊鞠に火を着けてしまった。

「あるのね？　もう……やっぱりっ！」

キュッと手に力を込めて肉棒を掴み、荒々しくもリズミカルに全体を扱きだした。

「ふわ……んっ？　むぐぅ……んっ……」

高司が気持ち良さに思わず口を開いてしまった瞬間、少し硬くなっている乳首が口に挿し込まれた。反射的に上下の唇で挟んでしまうと、伊鞠の身体が嬉しそうにピクンッと震える。

「あふぅ……。んっ……。はぁ、はぁ……。やっと楠国君に……ご奉仕する機会が来た♪　いつもあなたの前でいい先生でいるのは、凄く大変だったのよ？」

伊鞠は告白をしながら柔乳を高司の顔に強く押し当て、乳首をもっと吸わせようと身体をくねらせる。

「毎回、毎回、私を惑わすような笑みを向けてきたり、誘うような仕草をしてきたり……もう、何度、その場で押し倒したかったか。私、必死に我慢してたのに、まさか、その間に他の女の子にエッチなこと、されていたなんて、想定外だったわ」

考えたこともなかった衝撃的なカミングアウト。乳首を軽く唇で噛まれたことに身体を震わせながら、肉棒をギュッと握りしめる。

「もう我慢するのを止めるわね♪　全力で私のものにしちゃうわ──」

伊鞠が体重をかけて乳肉で高司の口を塞いだ。柔らかくて甘く、いい香りのするオッパイ。あまりにも大きなそれは口だけではなく、鼻の穴まで覆ってくる。

「んっ……ぷはっ！　ぢゅ……んっ！　ぢゅ……！」

息ができず苦しくなって高司は思い切り口呼吸をした。その瞬間、口の中に含まれている乳首も吸い込んでしまい、伊鞠は溜息交じりの甘い声を漏らす。

「んはぁ……。あっ、あなたが私のおっぱい、吸ってくれるぅ……んっ……。嬉しすぎて、これだけでイっちゃいそう♪　はぁ、はあ……おちんちん、すごくいやらしぃ」

自分でするのとはまったく違う、柔らかな指での手コキ。柔らかな乳房と硬く尖った乳首の味わいは身体を徐々に弛緩させていった。

「はぁ、はぁ、もっと吸いついて。このおっぱいはあなたのものよ……あふ。他の女の子のことなんて、忘れてしまいなさい……」

肉棒に血管がビキビキと浮かび、根元から震え

ている。先端からは先走りがたっぷりと溢れて、伊鞠の手のひらをヌルヌルにしていた。

「あふ……もう溢れちゃってる。いい？ これからはね、疲れたときも、エッチな気分になったときも、全部私が癒してあげるから。私だけに甘えればいいのよ♪」

高司の頭と心を蕩けさそうとするかのように奉仕を続けながら、耳元にネットリと囁き続ける。佳伽とは異なる痺れるような官能。高司はもう耐えることなどできなかった。

「はぁ、ふぅ、んんっ……ああ、おちんちん、ビクビクしてきた。もう出そうなの？ 私で、射精しちゃう？」

嬉しそうに微笑みながら手の動きを速め、カリ首を集中的に責め始めた。奥から搾り出されるような扱き方に、高司の腰は無意識に浮いてしまう。

「んっ……むぅっ……んっ……んっ！ くぅぅ!!」

「あっ♥」

伊鞠の巧みすぎる手コキに抗うことはできず、高司はあっさりと射精してしまった。大量の白濁汁が噴き出すのを見ながら、伊鞠は唇を戦慄かせている。

「ああ……こんなにいっぱい♪ これが楠国君の匂い……。ああ、すごく、子宮が疼いちゃうぅ……。んっ……ぴちゃ……んっ……」

手のひらについた大量の液体をためらうことなく伊鞠は舌で舐め取りだした。

「ぴちゃ……んっ……美味しい……。んっ……」

「ふは……。せ、先生？　何をしてるんですか……」

おっぱいの縛《いまし》めからようやく解放された高司が見たのは、自分が射出した男汁を嬉しそうに舐め、呑み込む伊鞠の姿だった。

「ぴちゅ、れりゅぅ……なにって、後始末よ？　あんっ、すごくいい匂い。こんなに、美味しくて……お腹に響くミルクは、全部私が呑まないとね」

ザーメンミルクを呑み込む様子を見せつけながら、ねっとりとした視線を高司に絡みつかせる。普段の理知的な雰囲気は霧散し、淫靡《いんび》で猥雑な香りを漂わせていた。

「あら？　一回出しただけじゃ、小さくならないのね。ステキよ……」

「ふあ⁉」

若い肉棒はまだまだ硬さを維持しており、その凛々《りり》しい姿に伊鞠は唇を舌でねろりと舐めた。

「次は……もっと気持ちいいところで呑んであげるわ。あなたのミルク」

そう言って伊鞠は立ち上がり、スカートをたくし上げた。彼女が何をしようとしているのか、経験のない高司にもわかる。

（さ、さすがにマズいんじゃないか？　ここ治療室だし。でも……う、動けない……）

セックスには大いに興味がある。だが、今ここでするのは違うと断言できた。頭の中では警鐘が鳴り響き、こんなときに佳伽の顔が浮かんでしまう。

(うう、よし姉ぇ、どうしたらいいんだ⁉)

淫らで妖しすぎる雰囲気に呑まれ、高司は動けなくなっていた。そんな彼の焦りに反して、肉棒は期待するかのようにビクビクと動いてしまう。

「ふふ。待ちきれないみたいね？　いいわ……私の中に全部出してね？」

伊鞠はパンツをゆっくりと下ろしだそうとした……。

『院長。お約束をしていたお客様がいらしています』

「え……？」

高司の危機を救ったのは、個室の外からかけられた事務員の声だった。

いまいましそうに伊鞠は時計を見て、溜息を吐く。他の来客なら院長権限で変更するのだが、今日の相手はそれが許されない。伊鞠は深い深い溜息を吐いた。

「はぁ……。わかったわ。処置をして、すぐに向かうから」

『お願いします。五分以内で』

「はいはい」

もう一度伊鞠は溜息を吐くと、高司を優しい目で見つめた。

「ごめんなさい。とっても残念だけど、今日はここまで……」

「わ、わかりました」

助かったという気持ちと、残念という気持ちが半々で高司は頷いた。

「じゃ、急いでキレイにしましょうね？　はむ……ちゅぷ……ちゅぷ……んっ……」

「う、うわ⁉　雨宮先生⁉」

最後の最後に、伊鞠は肉棒にむしゃぶりつき口でお掃除していった……。


「はぁ……。驚いた……」

医院を出て、高司はホッと息を漏らした。

（まさか、先生があんな……）

妖艶すぎる伊鞠の姿を思い出し、股間が疼きそうになったので慌てて頭を振る。

お掃除フェラのあとに解放されたが、「もっと頻繁に連絡を取りたいから」とSNSサービス「LEAD to」のID登録をさせられてしまった。

「今、よし姉ぇと会ったら気まずいよな」

そんなことを呟いたのも、ステーションビルにはビジネスエリアとショッピングモールがあり、佳伽の勤める外資系ネットショッピング会社『ノービリスアクィラ』も数階ほど上に本社がある。

べつに佳伽は恋人というわけではなく、あくまでも従姉で幼馴染みなのだが。

（雨宮先生の治療って、次回からどうなるんだろうなぁ……。まさか、毎回、あんなことを……）

複雑な気持ちで歩いているうちに、ショッピングモールにいつの間にか入っていた。地域で一番の繁華街なので、平日の夕方であってもかなり混雑している。

(あ、そうだ……。ここにも……)

佳伽とも顔を合わせづらい状況だが、もう一人、あまり会いたくない人がショッピングモールのとある店に勤めていることを思い出した。

「お?」

思い出した瞬間、その当人の声が背後から聞こえた。幻聴かと思い、恐る恐る振り返ると、腕組みをして微笑みながら高司を見つめる女性が立っている。その微笑みは高司に会えてうれしいという類のものではなく、「獲物を見つけた」という猛禽類の笑みだった。

「よっ、久しぶり♪　最近店のほうに来ないから、大きな怪我でもしたんじゃないかって心配してたんだぞ?」

「は、はぁ。ご心配を、おかけしました……」

「ここに来たってことは、あたしの施術を受けに来たって事だよな? な? 休憩に入るところだったが、お前が来たんじゃ仕方ないなぁ～。久しぶりにみっちりやってやるか」

どこかの店の制服と思われる格好をした女性は、当然とばかりに高司の手を取った。

「い、いえ、今日は『アーユス・ラクシュミー』に来たんじゃなくて、歯のメンテに……」

「あん?」

ややつり目で元々キツい印象を受ける女性の目が、さらにつり上がった。

「歯のメンテはするのに、身体のメンテは一ヶ月も怠るのか？　どういうことだ！」

掴んでいた腕に抱きつき、顔も近づけてくる。腕は大きな乳房の谷間に挟まり、目の前には少し冷たい印象を受けるが美しい顔が迫ってくる。

「あ、あの、長岡《ながおか》さん……人が見て……」

「璃燈《りと》だ！　そう呼べって言ったろ！　あったま来た。このまま店に行くぞ！　歩け！」

「いえ、あの、今日は……」

「さっさと歩く！　もう身体の隅々までメンテしてやる！」

彼女がこうなってしまっては高司の言うことなど聞いてくれない。人の目もあるし、高司はすごすごと、長岡璃燈に連行されていった。


高司が連れ込まれたのは、タイ古式リラクゼーションサロン『アーユス・ラクシュミー』。璃燈はこの店でナンバーワンの実力を持っており、専門はタイ式だけではなく多岐にわたる。スポーツマッサージにも精通しており、医学療法的な知識も豊富だ。

その話を人伝《ひとづて》に聞いて、高司は通い始めたのだが……。

「筋肉疲労が蓄積されてるじゃないか。なんで歯のメンテはしてるのに、身体のほうをしないんだよ！　んっ！」

「うっっっ！　くっ……ぅぅぅぅっ！」

施術マットの上でうつ伏せになっている高司の腰の辺りに璃燈が跨がっていた。璃燈の施術はかなりキツくても、身体のあちこちに蓄積されていた疲労が解されていくのがよくわかる。

「ほら、ここ。ストレッチじゃ伸びにくいから、すごく硬くなってる」

（本当、腕だけは最高なんだけどな……）

璃燈の技術は極めて高く、できれば積極的にマッサージをしてもらいたい。だが、璃燈には決定的な問題があるのだ。

「んっ、よしっと。じゃ、最後にとっておきのするから。マットの上に座って」

「わかりました」

頭のてっぺんから足の裏までじっくりと時間をかけて揉みほぐされ、身体全体がふわふわとしていた。心地良さに思考能力も弱くなり、璃燈に言われたとおりマットに腰掛けた。

それがかなり危険な行為だというのに……。

「ふわ⁉　な、長岡さん⁉」

「璃燈って呼べって言ったろ？　んっ、しょっ……と」

油断しきっている高司の背後から抱きついた璃燈は、驚く高司を面白そうに見つめながら施術着のパンツを一気にずり下ろした。

「ちょ、ちょっと何をして……」

「騒ぐな。パーテーションで区切ってるだけだから、大声出したら周りにバレるぞ」

アーユス・ラクシュミーは人気店なので満員で、騒いだりしたらすぐさま気付かれてしまう。だというのに、璃燈は背中にピタリと身体を密着させてくる。

そして、両足で高司の身体を挟んだかと思うと露わになった肉棒を裸足で弄《いじ》りだした。

「う、わっ！　長岡さん……っ……!?　な、なんで……」

「大声出すなってば。あのさ聞きたいんだけど。なんで、楠国君の身体から、女の匂いがプンプンしてるわけ？　まるで擦りつけたみたいに濃いんだけど！」

ギュッと足の裏で肉棒が挟まれた。痛みに声をあげると、璃燈が軽く微笑む。

「まったく、こんな匂いプンプンさせて。どこの女？　それに、ずっとあたしをガン無視してたのにもムカつく。お仕置きするから」

ペロッと高司の耳元を舐めると、足の裏で器用にもゴシゴシと肉棒を扱き始める。

「うっ、わっ……や、やめてください！」

「やだ。どこの女か知らないが。こんなに匂いづけされるなんて許せない。あたしの身体で上書きするから」

璃燈からマッサージを受ける際の最大の問題。それが「いじり」と「セクハラ」だった。尻を撫でられる、肉棒を触られるのは普通になっていて、どれだけ抗議してもやめてくれない。

ただ、いつもは触って満足していたのだが、今日は様子が違う。

「今日はお前が射精するまでが施術なの。ほら、早く出るように、ここもイジってやる」

璃燈の手が高司の施術着をめくり上げ、乳首を刺激し始める。さすがはマッサージ師というべきか、その触り方も絶妙だった。おかげで肉棒はさらに反応してしまう。

「ふふ、ここは素直でよろしい♪　ほーら、もっとあたしに身を委ねて。璃燈お姉さんが気持ち良くして、あ・げ・る♥　ふぅ……」

耳に息を吹き掛けながら、勃起した肉棒を絞るように足で強く扱く。硬くなってしまった乳首を指先でコリコリと擦られ、腰が何度か跳ね上がってしまった。

「あはは。もういちいち反応がかわいい♪　他の女のことなんて忘れさせてやる」

肉棒を足で素早く扱きながら、背中に柔らかい乳房を押しつけた。肩胛骨《けんこうこつ》の辺りから伝わってくる感触に、高司の身体はまた反応してしまう。

「ふふふ。ほら、お前が身悶えて喘ぐ姿、もっと見せなさい♪　もっと恥ずかしい声、あたしに聞かせなさいよ……んっ、はぁ……」

「うっ、や……め……くぅ……」

なんとか身体を動かして璃燈の縛めから逃れようとしても、長い手足が巧みに絡みついてくる。

「幾らお前が鍛えてたって……力のかかる方向に逆らわず身を委ねれば、柳に風、よ」

　人体の構造を深く理解しているのでできる技だ。こんなことに使ってほしくないと思っている間も、肉棒は扱かれていた。高司の気持ちとは反対に、勃起チンポはますます硬く尖り、早くもカウパー汁を漏らしている。

「はは。先走り出てるじゃない。ほら、ほら、お姉さんの足コキマッサージで気持ち良くイッちゃいなさい♪」

　璃燈は肉棒の扱いも熟知しているのか、緩急をつけて圧迫しながら、左右非対称に足を動かし扱いて快感を与えてきた。つい先ほど、伊鞠の手で射出させられたばかりだというのに、もう肉棒は根元からビクビクと震えている。

「こっちもガチガチになってる。感じちゃってんだろ？　ふふ、気持ちいいよな？」

乳首も、強く摘まみだしたりこねくり回したりして、いっそう強い刺激を与えてくる。

「う、うう……。な、長岡さん……本当に、出ちゃいますから、これ以上は……」

「あふぅ……。んもう、いちいちお腹が疼く顔しやがって……絶対に誘ってるだろう？　そんなお姉さんを昂奮させるようなエロい顔で言われて、止めるわけないでしょ」

頬を紅潮させた璃燈は、さらに荒々しく肉棒を扱き上げだした。乳首も根元から引っぱられ、耳を唇で何度も何度も噛まれてしまう。

「ああ、なんていやらしい声を出すんだ？　あたしの乳首もウズウズして、硬くなってるのわかるだろ？　あぁ、ここで押し倒してあたしのものにしちゃいたい……はむ……」

容赦なく責め立ててくる璃燈の足。必死に高司は耐えようとするものの、腰の奥のほうから大きな疼きが湧き上がってきてしまう。

「う……あ……。止めて……くださいっ。ほ、本当に出ちゃう……から……」

「あふっ、またかわいいコト言って。はぁ、はぁ……。出しちゃいなさいよ……あたしが、しっかり……見ててあげるから♪」

璃燈は簡単なパーテーションで仕切られた施術場所で、本気で射精させようとしていた。

「はぁ、はぁ」と息を荒くし、カチカチの乳首を高司の背中に押しつけて転がしながら、最後に向けて足を動かし続ける。

「うぅ、うぅ……。と、止めて……あっ……止めてくだ……さっ……くぅぅ」

「いやだったらぁ……。はぁ、はぁ……出しちゃいなって。ほら、ほら……」

「ふわっ⁉　そ、そんな……。うっ……。かはぁ……」

「ほら、ほらぁ。出しちゃえ……だしちゃえっ！」

ギュッと肉棒が足の裏で挟まれ、強く擦り上げられた。その刺激にとても抵抗できず、口を引き結びながら射精してしまった。

「んっ、むぅ……でる……っ……‼」

肉棒が根元から震えた次の瞬間、ビシュッ、ビシュッと音を立てながら白濁液が激しく射出された。璃燈は足を止めて射精する姿をうっとりと眺め、妖艶な溜息を漏らしている。

「んはぁ……。出てる……。すごく、たくさん……はぁ……はぁ……。お前は、あたしで出しちゃったんだ……」

璃燈は昂奮と快感に、恍惚としていた。

「な、長岡さん……もう……」

「璃燈、って呼べって言ったでしょ」

射出したての肉棒が再びギュッと足裏で挟まれた。

「ほらっ。呼んで。呼ばないと、また扱くよ」

「うっ、くぅ……うっ、うぅ……」

早くもゴシゴシと扱かれてしまう肉棒。白濁液はまだ拭われておらず、男汁の芳香が漂いだしており、声だけではなく、匂いでも周囲に気付かれてしまいそうだ。

「わ、わかりました……わかりましたから……璃燈……さん」

「さん付けぇ～～～？」

「これで本当に勘弁してください！　璃燈さんで……。くぅ……」

ギュ－ッと肉棒を強く圧迫していたが、諦めたかのように力が抜けた。

「しょうがない。名前呼びになっただけでも、一歩前進か……」


璃燈はそれからさらに弄ろうとしたが、休憩時間の終わりと次の客が待っていることを告げられて、仕方なく高司を解放した。

「見送りなんて、いいですよ」

「ダメ。念押ししないと、またサボるつもりだろ？」

アーユス・ラクシュミーから外に出たが、璃燈がついてきた。彼女の執念深さは徹底していて、無理やり「ＬＥＡＤ　ｔｏ」のＩＤも登録されてしまった。佳伽のＩＤはずっと前に登録しているので、伊鞠、璃燈が加わって合計三人になっている。

（ＬＥＡＤ　ｔｏの名簿録見たら、よし姉ぇ大騒ぎするだろうな……）

店はショッピングモールの一角にあるので、先ほどから道行く男性がチラチラと璃燈を盗み見していた。こんな性格でも美人で華のある女性だから、注目されるのは当然だろう。

だが、そんな視線を当の本人はまったく相手にしない。

「なあ、明日も来いよ？」

「璃燈さんも受付で見てたでしょう？　一週間後です」

「そんなに間を空けちゃ身体に良くないって！　な？　明日も来るんだ！」

高司の腕に璃燈が抱きつき、顔を近づけてきた。もうちょっとで唇が頬に触れそうで、高司は焦ってしまう。

「近い！　近いですってば！　は、離れ……」

「え……た、た、た、た、タカ君!?　なに、その、人ぉぉぉ!!」

ショッピングモールの通路いっぱいに大きな声を響かせながら、佳伽が一直線に走って高司と璃燈のところにやって来た。

「よ、よし姉ぇ……」

有能なビジネスパーソンという出で立ちの佳伽が、高司のもう一方の腕に両手を絡ませて身体を密着させた。

「どちら様かしら？　私のタカ君に、変なことしないでください。嫌がってるでしょ！」

「はあ？　そっちこそ誰だよ。……てか、よし姉ぇ？　おい、あたしのことは璃燈お姉ちゃんて呼べ！」

「そんなのダメに決まってるでしょ！　お従姉ちゃんは私なんだから！」

なる。


「はぁぁぁっ⁉」

高司を挟んで二人の美女が一触即発状態にあった。

「あの、よし姉ぇも、璃燈さんも落ち着いて……」

「あなたたち、その子から離れなさい！」

新たな声が聞こえた瞬間、事態がさらにややこしいことになったと高司は頭を抱えたくなる。

白衣を翻し、毅然《きぜん》とした態度で向かってくるのは伊鞠だった。

「楠国君、もう大丈夫よ！」

グイッと高司の手を引っ張り、自分のほうに抱き寄せる伊鞠。

「何が大丈夫ですか！　タカ君は私のです！」

すぐさま佳伽が高司を奪還した。

「はあ⁉　コイツはあたしのだってば！」

負けじと璃燈が背後から抱きついてくる。

「放しなさい！　あなたは誰なの⁉」

「私はタカ君のお従姉ちゃんです！　お二人こそ何なのですか！」

「おねーちゃんだぁ？　あたしのほうがおねーちゃんだろうがぁ！」

スーツ姿の佳伽に、白衣の伊鞠。そして、マッサージ師の制服の璃燈。

三人とも見た目は極めて美しく、素晴らしいプロポーション。そんな彼女たちが、高司を次々と奪い合っている。

「あの、みんな、おち、つ、い……てぇ……あの、あの……」

「治療した日から、この子は私のって決めたの！　手を引きなさい！」

「私なんて、タカ君が生まれたときから決めてます！」

「誰が先かなんて関係ねーんだよ！」

中心で翻弄されっぱなしの高司がいくら訴えても、年上の女性三人は聞いちゃくれない。伊鞠に、佳伽に、璃燈に。次は伊鞠と思ったら佳伽に。次々と抱き寄せられ、いい香りと柔らかおっぱいに包まれていく。

奇妙な状況に頭がくらくらとなり、ついには……。

「ふああ……」

倒れてしまった。

「「「あぁぁぁぁぁ!!」」」

こんなときは一瞬で共同作業ができるもので。女性たちは驚きの声をあげながら、高司を抱きしめて支えることに成功した。

三十分後。

「つまり。歯医者さんと、マッサージ師さんなのね？」

「この人は幼馴染みの従姉さん、と」

高司が倒れたのをきっかけにしてようやく落ち着くと、全員でフードコートに移動した。四人掛けのテーブルに座る高司の正面には伊鞠と璃燈、隣には佳伽が座っている。

席決めでも一悶着あったが、ジャンケンで決まった。

「子供のころからタカ君の面倒は私がずっと見てるんです。だからお二人の助けはいりませんから」

普段見せたことのない屹然《きつぜん》とした顔つき。佳伽をよく知っている高司でさえも、少し怯むくらいの迫力があった。だが、正面の二人はまったく余裕。

「あら。楠国君の歯がボロボロになってもいいの？　私は絶対にイヤよ。そんな要求は拒否します」

「同じく。素人のマッサージで疲労が回復できるレベルじゃない。体操選手として致命的なケガにもなりかねない」

その道のプロフェッショナルからの意見は重く、さすがに佳伽も反論できない。それに性格に問題があるとはいえ、身体のメンテナンスに伊鞠と璃燈のサポートは不可欠だ。

「佳伽さんだっけ？　あんたは楠国君を一流の体操選手にしたいんだろ？」

「うう、それを言われるとぉ……」

「じゃあ、私たちが彼を助けること邪魔しないでもらえるかしら？」

伊鞠が腕を組み、冷たい視線を突き刺す。だが、佳伽も負けずにそれを受け止めて睨み返した。そしてしばらく考え、深いふかぁ～い溜息を吐く。

「はぁ…………。わかりました。では、お二人には『常識の範囲内』でタカ君のサポートをお願いします」

「あなたに許可をもらう必要はないと思うけど？」

「ああ、そうだな」

三人の視線が激しくぶつかりバチバチと音が聞こえてきそうだ。

（は……ハハ……）

議論が終わりそうにないので、若干引き気味の高司は全員に飲み物でも買ってこようかとそっと席を立った。

「ねぇ、キミ？　なんだか大変そうね」

「はい？」

席から離れて数歩したところで、見知らぬ女性が話しかけてきた。さらに別の女性が、すっと隣に立ち、胸を押しつけてくる。

「ややこしそうな人たちね。おねぇさんとなら楽しいことできるよ？」

「ちょっと。邪魔しないでくれない？」

「あの、ちょ……ちょっと……」

子供のころから高司が人の多い場所で歩くと、高い確率で数名の女性がやってきてナンパされる。誘拐されそうになったのも一度や、二度ではない。

「もう、いいわ。こんな可愛い子、家に連れてく！　そして飼うんだから！」

興奮した女性が高司の手を掴み、引っ張り出した。子供のころより力があるので簡単に連れて行かれることはないが、面倒なことは一緒だ。だが、そこに……。

「ちょっと‼　あなたたち、何してるんですか！　タカ君から手を放して！」

高司がいないことに気付いた佳伽たちが、慌てて助けにやってきた。璃燈が高司の腕を掴む女性に迫り、伊鞠は別の女性を牽制している。もちろん、それで女性たちが引き下がることはなく、今度は女性五人で言い合いになった……。


あれやこれやのトラブルを経て、佳伽、伊鞠、璃燈は「高司を最高の体操選手に育て上げるために協力する」という合意に至った。互いに「ＬＥＡＤ ｔｏ」のＩＤを交換しあい、連絡体制も確保される。

一応の決着ではあったが、三人が高司を見る目は猛禽類のそれだった。


その日。体操部は選手はもちろん、マネージャーやコーチ、顧問までもが緊張していた。

近年、初月学園の体操競技の成績が急上昇していることで注目度が高まり、外部コーチの打診が増えている。これまで何度か外から指導者を招いて技術の向上を図ってきたが、今日やってくるのは今までで最高のビッグネーム。

「無理に姿勢を保とうとするな！　ブレに繋がる！」

挨拶もそこそこに厳しい檄を飛ばしているのは、先の世界大会の総合で金メダルを獲得したトッププレイヤー。まだ現役ながら指導能力も高く、ナショナルチームではコーチ的な役割を担っている。

一時間ほど部員一人一人に細かくアドバイスしていたが、気付けば高司をマンツーマンで指導しだしていた。学園のコーチもかなり厳しいが、現役選手はそれ以上。しかし、高司にとっては目から鱗の話ばかりで、少しでも吸収しようと、いつも以上にキツい練習に食らいついていく。

そんな姿勢も外部コーチには好ましく見えて、指導にますます熱が入っていった。

「よーし、いいぞ！　それだけでポイントが上がる。世界での戦いは、そういった小さなポイントの積み重ねが差になるんだ」

高司の実績は「世界」どころか「日本」もまだ視界には入っていない。だが、その素質を外部コーチは見出し、内容はどんどん高度になっていった。一日で終わりだったはずが翌日も続き、さらに次の日も。

気付けば一週間。高司は最高のコーチに、徹底的に技術を教え込まれていた。

「うあああああ………。疲れたあぁぁぁぁぁ……」

今までに経験したことのない練習を繰り返した一週間。金メダリストの外部コーチはまだまだ教えたいことがあるようだが、彼のスケジュールが合わず、惜しみながら学園を後にした。

時間が空けばまた指導をしてくれるそうで、高司は早くも楽しみにしている。妥協を許さないキツい指導だったが、得るものは遥かに多かったからだ。

「はぁ……。駅、到着……ふぅ……」

充実した一週間の代償として、疲労がズンッとのしかかってきていた。身体は悲鳴をあげていて、学園から初月駅に歩いてくるだけでもいつもの倍の時間がかかっている。

「はぁ～……。ちょっと休もうかな……」

改札に入る前に、駅構内のベンチに座った。ちょうど帰宅ラッシュと重なってしまったようで、多くの人々が改札から出入りしている。今日は疲労もあって練習を早上がりしたのだが、失敗だったかもしれない。

何気なく行き交う人を眺めていると、ここで会うのが極めて珍しい人を見つけた。カジュアルなニット姿なのに、他を圧倒するような美しさと才知に溢れたその姿は「有能なビジネスパーソン」そのものだ。

そんな女性が、視線が合った瞬間、笑みを満面に浮かべて小走りにやってきた。

「タ～カ君♪　や、お従姉ちゃんだよ～♪」

そんな「できる女」が、高司を発見した瞬間に、いつものふにゃふにゃとした従姉に戻ってしまった。隣に座ると、満面の笑みで高司の手を取り彼の顔を見つめる。

「こんな偶然てあるんだね♪　やっぱり私とタカ君は結ばれる運命なんだよ♥」

「俺は毎日使ってる駅だから……。でも、よし姉ぇはなんで？」

「この辺の取引先と商談だったの。タカ君と一緒に帰りたいから、メッセージを送ろうかなと思ってたんだけど。ご本人登場なんだもん。ビックリしちゃった」

佳伽は嬉しそうに何度も頷き、高司の手を取った。

「今日は、なんだかタカ君の顔がすっごく見たくて」

「家に来ればいいのに」

「そうだけどー。理由はわかんないけど、少しでも早くタカ君のこと無性にこう、ぎゅって抱きしめたい気分になったの。こういうことあるんだよね。これ、なんでだろう？」

「さあ……」

と、応えたものの高司には心当たりがないわけでもない。昔から佳伽は疲れたり、寂しくなったり……心身が弱ると、高司の所へ来てはぬいぐるみ感覚で可愛がって元気を充電してきた。

最近は仕事のストレスを解消するために高司に抱きつくことも多いが、本人は無自覚のようだ。

(もしかして、けっこう仕事で行き詰まってたりするのかな?)

そんなことを考えていると、電車が到着するアナウンスが入った。

「あ、電車もうすぐ来るみたい、急ごっ」

「うん」

二人は急いで改札を通り、ホームに向かった。


帰宅ラッシュの車内は人でいっぱいだった。立つスペースを確保するのもやっとで、当然座れるはずもない。

「うわ……。よし姉ぇ大丈夫?」

「うん。タカ君も、ケガしないでね?」

乗客の押しくらまんじゅうから逃れられるよう、佳伽をドアのほうに逃し高司はその正面に立った。まるで「壁ドン」状態にあり、二人の距離も極めて近い。高司のほうが背が低いので目の前には佳伽の大きな大きなおっぱいがあった。もちろん服は着ているが。

(よし姉ぇ、良い香りがする)

ほぼ密着状態であるため佳伽の香りが鼻腔をくすぐり、見上げるとキレイな顔立ちがあった。睫毛《まつげ》が長く、桜色の唇はぷくっと盛り上がっていて、あの唇がこの前、高司の肉棒を……。

（うわ、俺、なに考えてんだ⁉）

特別練習で疲労困憊《ひろうこんぱい》になったせいで、自宅に戻ると食事をして寝るだけの状態にあった。もちろん自慰をする余裕もなく、要するに溜まっていた。自分がそんな状態にあることを思い出してしまい、少しでも佳伽との距離を取ろうとする。

だが、そのタイミングで……。

――キキキーッ‼

「きゃあ⁉」

「うわっ‼」

電車が急停車をした。いつもの高司なら、体幹を鍛えまくっているのでこの程度のことで身体のバランスを崩したりしない。だが、特別練習が終わった直後の今、突然の事態に対応できず前につんのめってしまった。

「ほわ⁉　あ……。タカ君……大丈夫？」

「ん……うん……んっ⁉」

バランスを崩した高司を助けたのは佳伽。……の、おっぱい。

高司の顔は完全に柔乳の中に埋まり、両手で従姉を抱きしめるような状態にある。

「ご、ごめん！　いま離れ……くっ……」

身体を離そうと思っても背後から逆に押されてしまい、ますます顔を食い込ませてしまうことになった。いや、食い込んでいるのは顔だけではなく……。

「あっ、ちょ……待って。タカ君、だ、だめ……。動かないで……」

佳伽の足に高司の腰が密着してしまっているので、おっぱいの柔らかさと、良い香りに煽られて高司の肉棒はムクムクと膨張し始めていた。それを佳伽がわからないはずがない。

「ご、ごめん。あの、これは……」

「大丈夫。だいじょうぶだから……ね？　タカ君のならイヤじゃないから……。お従姉ちゃんに身体を預けて。私は平気よ……ほら」

却って興奮させるようなことを言いながら、安心させるように高司の頭を撫でた。右手は肩をポンポンと叩いてくる。

「どうせ一駅だから。すぐに降りられるからね」

「うん……」

そう。二人が降りるのは次の駅。初月駅からは一駅しか乗らないのだ。こんな嬉し困る状態も、すぐに解消される。ところが……。

『お急ぎのところ申し訳ありません。線路上に落下物があったため、現在停車しております。いましばらくご乗車のままお待ちください』

乗客たちがざわめきだした。スマホを弄ったり、諦めの溜息をついたり。その間も、高司の肉棒は硬さを増しており、佳伽の太ももにグイグイと食い込み続けている。

(だ、ダメだ……無心。無心……。感じるな、おっぱいの柔らかさとか、よし姉ぇのいい匂いとか……感じるな……無心……無心……。うぅ……柔らかい)

意識すまいとすればするほど感触を味わってしまい、ズボンを破りそうなほどの勢いで激しく勃起をしていた。正直、かなり痛い……。

「ごめん。よし姉ぇ……」

「うん。いいよ、大丈夫。でも……このままじゃ、可哀想だよね……」

「……え？　よ、よし姉ぇ？」

声に淫靡な響きを感じて、高司が顔をあげると佳伽は軽く身体をピクンッとさせた。

「あぁ、だめ、その上目遣いは反則だよぉ……無理。もう無理」

妖しい声でそう呟くと、佳伽は右手をスッと自分の股間の辺りに伸ばした。そして高司のズボンのチャックを下ろし、硬くなったモノを引っ張り出した。

「ふ……わ!?　ンむぅ……」

「しぃ……。周りに、聞こえないように……しようね……」

思わず大声を出しかけた高司の頭を、自分の胸にギュッと押しつける。

「電車動き出して駅についたら……逞しすぎる、ムクムクおちんちん、見られちゃうよ？　だから、元に戻そうね？」

引っ張り出した肉棒を太ももの間に挟み、先端を淫肉に押しつける。亀頭は佳伽のパンツの布地に擦れ、ビクビクと激しく跳ねた。

「あんっ……。元気……。そんなに、ぐいぐい下着、持ち上げちゃダメ……」

「でも……く……これ……」

大変な状況に慌てている高司を落ち着かせるように、佳伽は従弟の耳元にそっと囁く。

「お従姉ちゃんの、んん……太ももと、おパンツに挟まれて……いっぱいいっぱい、シコシコされて、ん、気持ち良くなろうね……」

「そんな。これ、ダメだってぇ……くぅ……」

「あふぅ……もう。そんな顔して見つめちゃダメって……言ってるのに、ホントいけない従弟君なんだから――ン……」

愛しい従弟を抱きしめたかと思うと、その唇に唇を重ねた。その間もしっかりと太ももの内側で肉棒を挟み、自分の淫肉に亀頭を押しつけながら腰を小刻みに動かし始める。

「ンッ……れろ、んれろ、らちゅ、んちゅりゅ。んっ……」

「むぅ⁉　よひ……へ……ぇ……んっ……」

それはまるで、舌で口の中を蹂躙されているようだった。佳伽の腰の動きは段々とスムーズになり、シュッ、シュッ、シュッと優しく肉棒を扱き続ける。

(うあ……。パンツ一枚向こうは……よし姉ぇの……お、オマンコ……)

女性から何度も襲われている高司だが、今のところしっかりと童貞だ。佳伽にしゃぶられたり、伊鞠と璃燈に扱かれたりしたが、膣穴だけは未経験状態にある。

「はぁ……はぁ……。硬いのいっぱい当たってるよぉ……。んっ、んっ……」

気持ち良さにカウパー汁が溢れ、滑りがどんどんよくなってきた。佳伽はそれに気付き嬉しそうに微笑みながら、また淫靡に囁く。

「ん、んふぅ……すごいね、エッチなお汁でニュルニュルになってるから、んはぁ……おちんちん、すごくスムーズに擦れて……んっ……」

「う……よし姉ぇ……。そ、そんな動いたら……く……」

「うふふ。すっごいカチカチさんだね。ほら、ほらぁ……お従姉ちゃんの割れ目に、押しつけてくるよ？　ほら……」

「あっ、あぁ！　よし姉ぇ……。だめ……俺、おかしくなっちゃう……」

あまりの気持ち良さに幼児帰りしたかのように、高司は涙目になって従姉を見上げた。

「あんんん♪　かわいい、かわいい、かわいい～～～♪　タカ君、かわいいぃ♪　いいよ？いっぱいおかしくなって。お従姉ちゃんに全部出していいんだから♥」

肉棒が擦れる部分はぐっちょりと濡れていた。内側から。佳伽が動くたびにぐちょっ、ぐちょっと粘液質の音が奏でられる。

「はっ、ンッ……。はぁ……。すごい硬い……タカ君のぉ。ん、もっとお従姉ちゃんにしがみついて、このまま一番気持ち良くなっちゃいなさい♪」

さらに強く抱きしめられると、肉棒と割れ目の密着度が高まり、震えるほどの快感に襲われた。

「はうぅ……。きゅ……。は、はうぅ……」

気持ち良さに妙な声をあげてしまうが、おっぱいの中に顔を埋めているので周囲に聞かれることはない。

「はぁ、ああ、ああ、また、ビクビクしてきたね。おちんちん、出そう？　出ちゃう？」

嬉しそうに囁きながら、佳伽は再び股間に手を伸ばしぐっちょりと濡れている自分のパンツを引っぱった。そして、内部に肉棒を導いてしまう。

「っっっっ!?　んっっっ!?　っ!?」

「ふふ……。パンツで擦られるより、お従姉ちゃんのおまんこのほうがいいでしょ？　ほら？　ね？　挿《い》れちゃってもいいから……ほら……」

肉棒がいきなり生の柔らかい部分に包みこまれた。幸か不幸か、入っている感じはしない。あくまでも割れ目の間で扱かれている形だ。だが、ちょっと角度をずらせばズブリと入ってしまいかねない。

「んはぁ、んはぁ……。ああ、スゴイ、ね、おちんちん……お従姉ちゃんのに、ピッタリくっついて……んん、いいんだよ？　お従姉ちゃんの中に挿れちゃってもぉ……」

「は……くぅ……。う……うぅ……」

健康的な男子で興味もしっかりある高司。だが、ここは電車の中で、いくらなんでもココで挿入までは……。などと考える余裕はほぼなく、もう限界が近付いていた。

「ふあ……。あぁぁ……。で、出る……ぅ……」

「ん♪　いいよ。出して、出して……お従姉ちゃんも、んん、もう、すごい一緒に、気持ち良くなりたい……このまま、ん、トドメ、刺して欲しい……っ」

「あ、あぁぁ……よ、よ、よし姉ぇぇぇ……っ！　っ！　くぅぅぅっっ‼」

膣穴までわずか数センチ。挿入に至る前に、高司は思い切り射精してしまった。肉棒が根元からビクビクと震え、割れ目の中に大量の精子を撃ち放っていく。

「あ、熱い！　熱いの来て。あっ……あっ……。あぁぁあっ‼　あ、ああ、お従姉ちゃんも、お従姉ちゃんも――もう、だめ――ん、んん、んんんんんっ‼」

やや遅れて佳伽の身体もガクガクと反応し、絶頂に至っていた。生で触れ合っている性器が反応して震え、またお互いを擦り合った。

「はぁ……はぁ……。ごめん……すごく……出ちゃった」

「うん。いいの。お疲れ様……。ふふ、パンツの中ビチョビチョ……いっぱい出せたね♪

お従姉ちゃんも、気持ち良かったよ……」

「え？　よし姉ぇも……？」

「はう……あ、な、なんでもない……。ね、このままギュッてしてて？」

「あ、あ、うん……」

いつの間にか高司は従姉の身体に抱きついていた。かなり恥ずかしいが、相変わらず身動きができない。高司は言われるがまま、従姉の柔らかい乳房に顔を埋めて射精後の余韻を味わっていた。肉棒の先端に、佳伽の淫肉の熱さを感じながら……。


点検が終わった電車が動き出すと、車内にホッとした空気が流れた。

すぐに電車は二人の降車駅に到着したので、人の流れに乗りながら一緒にホームに降り、改札を出た。

「えへへ……。ごめんね、タカ君。お従姉ちゃん、ちょっといたずらしすぎました」

家に向かって並んで歩く途中、いたずらっぽい笑みを浮かべながらちょこんと頭を下げる。年上なのに、時々こういう可愛い仕草を見せられて高司は顔を赤くする。

「うふふ。今日はちょっと大変だったけど、タカ君にいっぱいギュッてしてもらって、元気もらっちゃった♪」

社会人らしい顔を覗かせながら、佳伽がまた笑う。

（やっぱり仕事が大変だったんだな）

従姉のクセを思い出しながら、軽く頭を掻いた。

「じゃあ、タカ君。このままホテルに行こうね」

「はいっ⁉」

「だって、中途半端だったでしょ？　二人とも……まだベタベタだし。ホテルに行って、一緒にお風呂入ろう？」

「え、いや、そ、そ、そ、それは……」

普段の冷静な高司ならすぐさま「却下」と言えただろう。だが、部活と射精の疲労が蓄積して頭がうまく動いてくれなかった。それに、亀頭で味わってしまった淫肉の柔らかさの記憶は、魅惑的な誘いを抗うことを難しくさせる。

「はい決まり♪　ふふ、もっと、もーっと気持ちいいことしようね？」

「い、いや、あの、よし姉ぇ……」

「ちょっと待てやぁ、そこの痴女ぉぉぉ！」

佳伽が従弟の手を取り、強引に引っぱっていこうとした瞬間、女性の怒声が正面から響き渡った。

「あら、長岡さん。今晩は」

「今晩はじゃねーよ！　その子をどこに連れてく気だ！」

「ホテル♥　これから、いーこといっぱいするんだもんねえ♥」

鬼神の如く恐ろしい目で睨みつけてくる璃燈を、佳伽はまったく気にしない。

「ダメだそんなの！　そいつは今日まで特別コーチのトレーニングを受けたから、くたくたのはずだ。だろ？」

「はい」

なぜ知ってるんだろう？　と思いながら反射的に頷いた。

「なら必要なのはあんたじゃなくて、あたしだ！　店はもう終わりだから、ホテルに行ってたっぷりマッサージして、溜まってるものも出してやる！」

「横から来て何を言ってるの⁉　タカ君のお世話は私がするんです！」

「疲労の蓄積を解消するのは、あたしのほうが上手い！」

美女二人がにらみ合うとかなりの迫力がある。しばらくにらみ合った後、グイッと視線を動かして高司を見つめた。

「お従姉ちゃんとよね！」

「あたしだろ！」

「え、え、え、えと……」

佳伽と璃燈の恐ろしいまでに真剣な視線が突き刺さった。どちらを選んだところでただではすまない。

いや、違う。二人の迫力に押されていつもの冷静な判断が可能となり、どちらを選ぶ気もない。なので……。

「じゃあ、俺、帰って寝るから。よし姉ぇ、璃燈さん、お休みぃぃぃぃぃぃぃ!!」

「「あぁぁぁっ!!」」

一瞬の隙をついて高司は駆けだした。背は二人より低くても現役アスリート。二人に追いつかれる心配はなかった……。


体操選手としての高司には弱点があった。前々から言われてきたことだが、特別コーチにも改めて指摘されている。それは「パワー」。高司は鉄棒や跳馬のスペシャリストではなく、すべての種目をこなす「オールラウンダー」になりたいのだ。

そのため吊り輪の練習時間を増やしているが、かなり歯を食いしばるために顎への負担がかなり高い。

「今のマウスピースじゃ耐えれていないわ。新しいのを考えましょう」

定期メンテナンスをしながら、伊鞠は難しい顔をしていた。顎や首筋を触って筋肉の強張りを確かめ、カルテに何か書き込んでいく。そういう姿は頼れるプロフェッショナルを思わせ、全幅の信頼ができるのだが。

「これからもっと負荷が強くなるのよね。そうなると、日常生活でも気をつける必要があるわ」

数日前、璃燈にボディーケアをしてもらったときも同じことを言われている。一緒に住んで毎日マッサージしてやると詰め寄られたので逃げ出したが……。

「普段使っている椅子や、寝具。食べ物も気をつけないとね」

「なるほど。難しいですね……」

メンテが終わると、医師としての顔で伊鞠があれこれと説明しだした。自分をより高いレベルに引き上げるためのアドバイスなので、高司は急いでメモをとる。

「簡単に考えられがちだけど、日常生活でのケアはなかなかね。……そうだ」

何かに気付いたらしく伊鞠は、口許に笑みを浮かべた。

「あなたの家に伺って、チェックしましょう」

「え⁉　そ、そんな……」

「うん。『医師として』心配なのよ」

「でも、先生はお忙しいでしょうから……」

「大丈夫。今日は『偶然』、このあとの予定がないの」

いやーな予感がして高司は身構えた。彼女の技術を求めて遠くから通ってくるプロアスリートがいるほどなのに、「偶然、予定がない」のはあまりにも怪しい。しかし、伊鞠が言うことはいちいちもっともで、プロの目で生活を見てほしい気もする。

(今の時間なら、母さん……いるよな……)

母も勤め人だが、いつもなら家にいる時間だ。さすがに母親の目の前で、エッチな行為はしないだろう。

「それじゃ、あの……お願いしていいですか？」

「っ⁉ ええ！ もちろんよ、もちろん！ さぁ、行きましょう。すぐ行きましょう‼」

プロフェッショナルの口腔医から、獲物を狙う女の顔に豹変した伊鞠を見て、高司は早くも後悔していた。


「これが使っているベッドね？ 枕は……んー……」

伊鞠の運転する超高級車で家に着くと、恐ろしいことに母親はまだ帰宅していなかった。身の危険を感じたが、伊鞠はプロフェッショナルな作業に徹している。

最初にチェックしたのは口腔ケアのグッズ。歯ブラシ、フロス等の使い方を洗面台の前でみっちり教え込まれた後は、高司の部屋に。椅子の高さ、座面の高度などなど詳しく検査され、最後にベッドを調べだした。

「枕が高すぎるわ。これだと歯を食いしばった状態で眠ることになるわね。んー、マットの硬さは良し、と」

矢継ぎ早に下される姿は実に頼もしかった。白衣ではなく私服姿なのだが、言葉の一つ一つが専門家のアドバイスであり、高司は素直に感謝している。同時に、伊鞠が邪《よこしま》なことを考えているのではと疑ってしまったことに、心の中で詫びた。

「とりあえずバスタオルで枕を作ってみるわ。それじゃ楠国君。ベッドで仰向けになってくれる。どういう感じで寝てるか見たいの」

「はい。わかりました」

治療中に見せるのと同じ伊鞠の表情に、すっかり安心していた。言われたとおりに仰向けになって、即製のバスタオル枕に頭を預けた。

「どうかしら？　顎が楽なはずよ」

「……本当だ」

驚く高司の顔を見て伊鞠はニッコリと微笑む。そして、ベッドに膝立ちで乗ると細い指を彼の首元に伸ばしてきた。

「え？　あの、先生……？」

「動かないで。顎周りの筋肉を調べるから」

「は、はい」

伊鞠はスカートをパンツが見えそうなほどたくし上げたかと思うと、なんと膝立ちで高司の腰の辺りに跨がってきた。だが、目は真剣そのものなので何も言わない。

「うん、咀嚼筋は……。側頭筋……は、やっぱり張ってるわね」

頭や顔、首の両脇を触り、硬さをチェックする。その間に徐々に伊鞠は腰を下ろしていき、ついには大きなお尻をペタンと高司に預けてしまった。

（うわ……）

その下には、まだ柔らかいものの肉棒があり、伊鞠が動くたびに擦られてしまう。

「少しマッサージしましょう。本職じゃないけれど、素人よりはマシだから」

「は、はい」

真剣な表情で告げる伊鞠が、いかがわしいことを狙っているとは思えない。指先に力が籠もり、首の両脇がゆっくりと解されていく。

「やっぱり。治療中も気になっていたのよ。すごく硬くなってるわ」

顎の下から首の側面、鎖骨周辺の筋肉を解していく。

（上手い……。長岡さんと同じくらいかな？）

ペタンとお尻を高司の股間に下ろしながら、前かがみでマッサージを続ける伊鞠。四つん這いに近い姿勢なので、大きなおっぱいがたらりと垂れ、力を込めるたびにぷるん、ぷるんと揺れている。大きく開いている襟の辺りから、高級そうな下着まで見えていた。

（う、うう……。落ち着け。先生は、真面目にやってるんだから……）

伊鞠がグイッ、グイッとマッサージをするたびに、同じリズムで肉棒がくりっ、くりっと擦られた。

「はふ……。んふぅ……はふ……。んっ……。んっ……」

麗しい唇の端から息が漏れ、ふわりと良い香りが漂ってきた。よくこの部屋にやってくる佳伽とは違うタイプの、女性の香り……。

（あ……ばか……落ち着け！　落ち着くんだ！）

見ないようにしよう思っても、目の前で揺れるおっぱいにはどうしても目がいってしまう。感じまいとしても、亀頭を中心に刺激されては硬さが増してしまう。伊鞠が自分のために懸命だというのに、勃起してしまうのはまずい。

静まれ！　納まれ！　と強く願うが、その願いをあざ笑うかのように肉棒は硬さを増してしまう。

かなり肉棒は膨張しているというのに伊鞠は何も言わず、あれこれとアドバイスを加えながらマッサージを続けた。頭から胸の辺りまでしっかりと解されると、伊鞠は息を吐いて微笑んだ。

「ふぅ……。これで良いわ。いま触ったところは自分でも解せるところだから」

「はい。お風呂に入ったときでも揉むようにします」

「うん。そうして」

満足そうに頷き、ゆっくりと上半身を起こしていった。無事に済んだことに高司はホッと、言われた部分を自分の手で触ったりしている。

「それじゃあ……次は……」

「え？ まだどこか？」

「ええ。とっても大切なところ。すっごく硬くなってるから……解さないとね♥」

そう言うと、伊鞠は腰を持ち上げて前後にゆっくりと動かし始めた。先ほどまでと違い、臀部が容赦なく肉棒全体を擦ってくる。

「ほーら、硬い……。すっごく、硬いわ……」

「はうぁぁ……。くぅ、せ、先生ぃ……く、くぅ……」

(やられた……。途中まで、普通に治療だったのに……)

ベッドの上で仰向けの自分に、美しい女性が跨がって肉棒を尻で撫でてくる。

「あの、先生……やめてください……」

「どうして？ こんなに凝ってるんだから。解してあげないと。大丈夫。ちゃーんとしてあげるからね？」

高司の言葉は照れているからだと勝手に判断した伊鞠は肉棒を引っぱり出し、自分のパンツをすぐさま脱いで、生尻で剛直を扱きだした。

「あん……なんて硬いの。はふ……身体が熱くなっちゃう……。とっても……」

伊鞠はゆっくりと尻を上下させながら肉棒を撫で、上着をたくし上げた。柔らかく大きな乳房を露出させ、艶《なま》めかしい視線を高司に送る。

「はぁ、はぁ……。あなたの部屋で、おっぱい……出しちゃった。あ、そうだ……あなたのを私が可愛がってあげるの、こうしたらよーく見えるわよね……」

伊鞠はゆっくりと身体を移動させて、高司に背中を向けてしまった。大きくてぷりっと形の良いお尻が目の前で円を描きながら妖艶に動き続ける。

「くぅ……。せ、先生……。や、やめて……。はっ……」

「おちんちんすっごく硬くなってるのに？　うふふ、本当にやめてほしいのなら、私を押しのけてもいいのよ？」

「そ、そんな……。先生に乱暴なことなんて……くぅ……」

「ふふ、そうよね」

伊鞠は後ろ手に高司の足を優しく撫でる。

「あなたは優しいから、乱暴なことなんてしない。そんな性格につけ込んじゃってごめんなさいね？　けど、あなたを気持ちよくさせたいの……」

再び腰を上下左右にくねり、肉棒を刺激する。

「もっと可愛い顔を見せてほしいの。もし、挿れたくなったら挿れちゃって。おちんちんを自分から私のおまんこに挿れてほしい♪」

清楚で知的、有能な女医が、全身で牝としてのアピールをしてくる。経験が極めて浅い

高司が昂奮を抑えられるはずもなく、限界まで肉棒は張り詰め熱く尖っていた。

「気持ちいい？　先生のお尻、気持ちいいでしょ？　っは、っふぁ……ぁあ……♪　おちんちんの熱がお尻にしみ込んで……くぅ……っ」

尻を振るたびに、乳房がたぷんたぷんと揺れるのは酷くいやらしく昂奮をさらに高めてくる。反り返る肉棒を巧みに挟み、尻肉がゴシゴシと亀頭を責め立て続けた。

「あっ、あぁ……。なんてたくましいの♪　んっ、んっ。この前は手だったけど、今日はお尻……。あとで、おまんこにも挿れてね？　いつでもいいから……ンッ……んっ」

尻肉の圧迫はかなりキツいのに、臀部の柔肉は優しく全体を包んでくる。その状態で刺激を与えられるので、快感が止まらない。

「んふ……。すごい、がちガチぃ。昂奮してくれてるのね？　嬉しい♥」

お尻をさらに大きく動かし、高司にきちんと見えるようにおっぱいを揺らした。自分のベッドの上で、年上の女性がしてくれる淫らな行為。これで昂奮しないはずがない。

それでも、これ以上はマズいと快感になんとか耐えながら、彼女を自分の上から降ろそうと手を伸ばした。

「はっ……。くぅ……。せ、先生……もう……やめ……」

「きゃうっ♥　んはふぅ……。あっ、あぁ……触ってくれたぁ♪　自分から……。あっ、嬉しい♪」

お尻に高司の手が触れた瞬間、伊鞠は嬉しげな悲鳴をあげた。そして、振り返ると、ねっとりとした視線を絡みつかせる。

「いいのよ。うん……。好きに触って？　あなたの好きなように弄って……」

「い、いえ……。俺は、ただ、先生に降りてもらおうと……」

「言い訳はいいの。触ってもらえて嬉しいんだから。もっと強く揉んで……。はぁ、はぁ……。じゃあ、もっと気持ち良くしてあげるからね」

伊鞠は淫らな笑みを浮かべながらお尻を少し持ち上げて、腰の角度を変えた。

「ふぁ⁉」

蜜汁でたっぷりと満たされている割れ目が肉幹に押しつけられた。熱いヌルヌルとした淫汁が塗りたくられたかと思うと、再び尻が動いてぬっとりと扱かれてしまう。

「うふふ……。わかる？　あなたのを弄ってるだけで、こんなにぐちょぐちょなの。ちょっと角度を変えたら……全部呑み込めちゃう」

「え⁉　でも、それは……」

「真面目なんだから……。ふふ、じゃあ、私があなたのを『間違って』挿れてしまわないように、お尻を手で押さえてくれる？」

「ふ、あ、でも、それって……」

「じゃあ、始めるわね。んっ……。はふ……。んっ、くふぅ……」

高司の返答など聞かず、伊鞠が淫裂と尻肉を使って肉棒を本格的に擦り始めた。ぬるぬるとした感触で根元から先端まで染められてしまい、快感がどんどん強くなっていく。

「ふぁぁ……。ぁぁ……。すごいっ……。はぁ、はぁ……。あなたのおちんちん、擦れてぇ……っ♪　っは、っふぅ……んはぁ……すごくいいのぉ……っ。おまんこ熱いぃぃ♪」

ついこの前、電車の中で佳伽にしてしまった行為を思い出す。あのときは正面からだったが、今度は背面。ただ、佳伽のときと違って周囲に誰かがいるわけではなく、挿入しても見られる心配はない。

「はぁ、はぁ！　いっ、いぃ！　んっ……。おまんこ気持ちいぃ♪　硬くてぇ、はぁ、はぁ……ね？　挿れちゃう？　挿れちゃう？」

腰をくねらせ、愛液を漏らしながらどんどん声を甘く蕩けさせていく伊鞠。何度か腰を持ち上げて本当に挿入しようと試みるが、そのたびに高司がお尻を押して、それをさせないようにしていた。

「はぁ、はぁ、すっごいお尻掴んでぇ。あっ、ぁぁ……もっと、もっと強くぅ……」

尻を揉まれたことで伊鞠の昂奮は増し、跳ねるように何度も腰を動かした。ぬるぬるの粘液に包み込まれ、尻肉と淫裂に擦られ続ける肉棒。亀頭が重点的に責められ、高司はどんどん余裕がなくなっていく。

「ふはぁぁぁ……おちんちん、すっごくビクビクしてる……はぁ、はぁ、出るの？」

何も言わなくてもすべてを理解しているようで、伊鞠は艶めかしく微笑み尻肉でギュッと肉棒を挟んだ。強烈な圧迫で、思わず射精しそうになるがなんとか耐える。

「はぁ、はぁ……。やっぱり出そうなのね？　射精しそうなのね？　あっ、あぁ……いいわ、いいわよ……。出して……ほんとは、おまんこに欲しいけどぉ……」

肉棒の根元から裏筋の半《なか》ばほどにかけて、伊鞠の陰唇が吸いついてきた。肉棒を擦る昂奮と快感に淫唇は完全に広がっていて、裏筋を丹念に撫でてくる。

「せ、先生……っ！　だ、ダメです！　そ、そんなにした……らっ！　あっ！」

「ダメじゃないのよ？　いいの！　来てぇ！　あっ、あっ！　出して！　先生のお尻に射精してぇぇ!!」

「せ、先生ぃぃぃっ！　んっ！　っ！　くぅぅぅっっ!!」

「ふあぁぁっっ！　熱い！　熱いの当たってるぅぅぅ！　んっ、くぅぅぅぅ!!」

大量の精液が一気に噴射され、プリッと形の良い尻を汚していく。ビュッ、ビュッと激しく音を奏で、肉棒は上下に暴れながら伊鞠の腰やお尻、そしておまんこの周囲までを白濁に染め上げた。

「あっ、あぁぁ……。すごい……。はぁぁ……。熱いのが、いっぱい出てる……。嬉しい……。はぁ、はぁ……」

自分の臀部が精子塗れなことに喜び、頬を紅潮させながら高司を見つめた。

「あふ……ぅ。はふぅ……。はぁ、はぁ……。ねえ、楠国君……っ……はぁ、はぁ……」

「は、はい……」

軽くイキはしたが、伊鞠の昂奮は収まるどころか、高まっていた。射精したての肉棒を後ろ手に握り、精液をローションにしながら上下に優しく扱き始める。

「くあっっ！　せ、先生……⁉」

「まだおちんちん硬いわね……。はぁ、はぁ……。こんな硬くて……苦しそう。はぁ、はぁ……挿れましょう？　ね？　お姉さんの準備はもう完全にできてるから……」

そう言って伊鞠は片手で自分の尻肉を掴み、グイッと横に動かした。ぬちゅっという淫靡な音が聞こえて、ぱっくりと開いたおまんこが目の前に現れる。ピンク色で、ぬらぬらと蜜汁で濡れそぼっているその穴……。

開き切った割れ目を指さして、熱い視線を高司に絡ませる。

「ここ……。ここがね、女の穴よ……。あなたが、挿れてほしいと言えば……すぐに、挿れちゃうわ。ほら、見えるでしょ？　あなたのが欲しくて……汁が出てるの……」

そこからは少し白く濁った汁が滴り、高司の足に垂れ落ちてくる。熱くて、卑猥な香りがする穴と汁。高司は、ゴクッと唾を呑み込んだ。だが、そんなことをしてもいいのかと理性も訴えてくる。

「ふふ、イヤじゃないのね？　じゃ……挿れちゃうわね。あなたの、素敵な素敵な、おちんちんを……おまんこに……」

伊鞠は腰を持ち上げ、肉棒を挿れる体勢を作る。高司の片手はまだ尻を掴んでいるものの、力は入らない。

「いいのね？　それじゃ、あなたのおちんちん……食べちゃう……」

「あ、あ、あぁぁぁ……せ、先生……」

膣穴がゆっくりと亀頭に近付き、あと少しで挿入される。

その時だった。

「ただいまぁ。高司、帰ってるー？」

「タカ君～。お従姉ちゃん来たよぉ～♪　ケーキ買ってきたから一緒に食べよぉ～」

階下の玄関ドアが開き、母親と佳伽の声が聞こえてきた。

「よし姉ぇと、母さん⁉」

「え、お母様⁉」

もし佳伽しかいなかったら、伊鞠はそのまま続けていたことだろう。だが、母親の存在によりそれ以上の行動をためらわせた。

「うう、あなたのお母様にエッチな女って思われたら……困るわ。お付き合いを禁止されちゃうかもしれないし」

お付き合いはそもそもしてない……などと言い合う時間はない。

大急ぎでお互いの性器をキレイにし、服をきちんとしてから、二人は何事もなかったかのように階下のリビングに向かった。

「おかえり、母さん。よし姉ぇ」

「お邪魔しております」

優雅な仕草でお辞儀をする伊鞠の登場に、母親も佳伽も驚いて目を見開いていた。

「あ、あ、雨宮先生が、どうしてタカ君と一緒にっ⁉」

「えと、母さん。こちらはいつもお世話になっている雨宮歯科医院の雨宮先生。今日、検査してもらったら歯の噛み合わせが悪いとかで、椅子とかベッドのチェックもしたいってことになって家に来てもらったんだ。ねえ先生？」

と、一気にそこまで説明し、笑顔を伊鞠に向けた。伊鞠はいかにも「専門家の女医」という顔で頷き、母親を見る。

「最近、トレーニングのレベルも上がってきているようですから。新しいマウスピースの提案も必要かと思いまして。サンプルもご用意してあります。お話、今からさせていただいてもいいでしょうか？」

「は、はい。はい。いいですよ。難しいことはわかりませんけど」

そんな具合に話は進み、高司の日常使いのマウスピースについて新たに作ることが決まった。ついでに母親が自分の歯の相談をしたりと、リビングは一応和気あいあいな雰囲気に包まれていた……。

あれこれと話しているうちに時間が過ぎ、すっかり暗くなったので伊鞠と佳伽が帰っていった。

「あんたは、子供のころから年上のお姉ちゃんたちに人気がある子だったけど……」

後片付けを手伝う高司を見ながら、母親が言った。

「佳伽ちゃんだけじゃなくて、雨宮先生もねー。まあ、頑張りなさい」

何をだよ、という言葉を呑み込んで視線を逸らす。照れも半分あり、なんとなくごまかす態度をとったものの、母親はすべてを見透かしているかのように笑っていた。

第二章　サポートしすぎの姉たち

　高司は緊張していた。競技会よりも緊張しているかもしれない。

「少し立ってくれるかしら？　ありがとう。うん……」

　ミーティングルームと表記のあった部屋には、横長の会議用机があり、椅子が二脚並んでいる。机の中央寄りの椅子に座っているメガネをかけた女性が、反対側に緊張しながら立っている高司をじっくりと見つめていた。

「ありがとう。座って」

「はい」

　喉の渇きを覚えながら再び椅子に座る。女性の髪は肩口でキレイに切りそろえられ、やや吊り上がった目は冷たさと同時に知性を感じさせる。机の上にはいくつかの資料と小型のノートパソコンがあり、時折りそれらに目を通していた。

「我が社があなたをスポンサードする条件は、お伝えしたとおりです」

　そう。外資系の大手ショッピングサイト「ノービリスアクィラ」のミーティングルームにやってきたのは、スポンサードの打診があったからだ。

世界的企業が、まだ無名に等しい高司に話を持ってきた原因は、メガネをかけた女性の隣に座る、もう一人の女性。佳伽だった。ただ、有能なビジネスウーマンの姿は普段とあまりにも違うので、本当によし姉ぇなのかと高司は疑ってしまっている。

高司は椅子に浅く腰掛け、背筋《せすじ》をピンと伸ばしながら瞬きして、スポンサードの条件を思い返した。

全日本選手権へ出場し上位の成績を残すこと。日本代表になり、世界大会に出場して五位以内に入ること。

ハードルが高いなどというものではない条件だった。地方大会でようやく優勝できる程度で、全国大会は上位に入るどころか出場経験もない。無論、世界など遙かに遠い。

だが、スポンサードをしてもらえれば、大きな大きな助けになる。学園での練習、遠征費用。伊鞠や璃燈のサポートも、より高度なことを頼めるかもしれない。自分を次のステージに持っていくための、重要な支えになる。

まだ実績がないことは高司はよくわかっている。だから……。

「ご存じだと思いますが、俺は、今はまだその成績を残せていません。でも、いずれそこまで到達するつもりです。……いえ。します！」

手をギュッと握り、女性の顔を見つめた。女性は何も言わず、しばらく沈黙が流れる。

「ふう……。高鷲さんの言うとおりね。うふふ、素敵な子だわ。あなたがお気に入りになるのもよくわかる。私もあと十年若かったら……」

いきなり雰囲気が弛緩し、メガネの女性が佳伽に微笑みかけた。

「部長……」

「あら、話が脱線したわ。……楠国君。私たちはあなたのその言葉が聞きたかったの」

再びキリッと眼差《まなざ》しを強くし、説明を続けた。

「提示した条件は最終段階の話です。条件を出した段階で『無理です』なんて答えたら、その場で話を終わりにするつもりでしたが、あなたは見事に応えてくれました」

嬉しそうに微笑み、手元の書類を見た。

「あなたの素質については、先日、初月学園にお邪魔した特別コーチからも伺っています。彼があれほど褒めるなんて、ずいぶん珍しいわ」

「お知り合いなんですか？」

思わず高司が尋ねると、部長は小さく頷いた。

「ええ。以前、我が社が大会のスポンサードをしたときに知り合ったの」

いつの間にか部長はくだけた口調に変わり、ノートパソコンをパタンと閉じた。

「あなたへのスポンサードは決定と思って。詳しい内容や条件は、また日を改めて詰めましょう。ふふ、いっそ二人きりで話し合いましょうか？」

「部長！」

切羽詰まった声を佳伽があげると、楽しそうに笑い始める。

「あははは。いつもは落ち着いているあなたが、楠国君のことになると可愛いお嬢さんになってしまうのね。ふふ、気持ちはわかるわ」

からかわれたのだとわかって、佳伽は顔を赤くした。そんな部下の様子をほほ笑みながら眺め、部長は再び高司に視線を戻した。

「改めて。我が社はあなたをスポンサードします。存分に体操に打ち込んでください」

「はいっ！」

高司は立ち上がり、深々と頭を下げた。

「御社の期待に添えるよう頑張ります。よし姉《ね》ぇもありがとう!!」

いきなり名前を呼ばれて、さらに顔を紅潮させる佳伽。

「あら？　ふぅ～ん……。高鷲さんて、よし姉ぇって呼ばれてるのね？　あらあら」

もう佳伽は頭から湯気があがるほどに全身を火照らせていた。


ノービリスアクィラ社のサポートはまず環境整備からだった。練習機材がすべて国際大会準拠の物に変わり、補助器具等も最新モデルが導入された。細々《こまごま》とした消耗品についても一定の供給が得られることが決まっている。

「ははは！　楠国さまさまだな！　これで、思いっきり練習できるぜ！」

「ああ！」

高司にスポンサーがついたと聞いても部員たちは嫉《ねた》むこともなく、大喜びしてくれた。さらに様々な恩恵が自分たちにももたらされたので大歓迎となった。

「よーし！　学生選手権！　絶対に勝つぞ！」

コーチのかけ声に、選手もマネージャーも、全員が拳を突き上げて「おうっ！」と応じる。

初月学園体操部は今までで最高の結束感を得ていた。

そして学生選手権は、高司にとって最初に越えなければならないハードルだった。改めて出された条件として、「二年以内に学生選手権の三位以内」が課されたのだ。全国の舞台を経験していない高司には簡単なハードルではない。

（でも……やれる。一年前の自分とは全然違う）

自分の身体が変化しているのを感じながら、高司は跳馬の練習に向かった。

充実した練習を過ごす日々だったが、突然、予想外の事態に襲われた。

「お母さんも、お父さんも、明日から一週間出張だから」

「ええ!?　ゴハンは……」

「子供じゃないんだから自分で作りなさい。自炊できるでしょ？」

「で、できるけど……」

不安だった。食事は管理栄養士が設計したメニューがあり、母親はそれに忠実に従っている。一応料理はできる高司だが、指定された食材に従って何かを作るなどやったことがない。

一週間ほど食事のバランスが悪かったからといって重大な影響が出ることはないだろう。とはいえ不安なのは確かで、高司は顔をどんよりと青くする。

「まぁ、あんたは面倒見てくれる人がいるんだから。大丈夫でしょ」

などと言って、我が息子の頭をポンッと叩く。母親が誰のことを言っているのかは聞くまでもない。

翌日から大荷物を抱えてやってきたのは、もちろん佳伽。

「タカ君のことは任せてください♪」

「うん。お願いね」

母親と佳伽の間ですべてが決定されており、異議を唱える余地はない。高司も佳伽が来てくれたほうが安心ではあるが、「親がいない」という状況は貞操の危機でもある。

ところが。

予想に反して数日は何事もなく過ぎた。

起床の面倒も、食事の用意も、洗濯まで佳伽は細々と対応してくれた。スポンサードの打ち合わせでわかったことだが、会社で佳伽は結構重要なポジションにいるようだ。そのぶん、仕事も大変だろうから、高司の世話をしてくれるのは本当にありがたい。

（これなら何事もなく一週間が終わりそうだ。よし姉ぇには感謝しないと）

最初に貞操の危機を感じていたことを少し反省している。親の目があっても遠慮なく高司を抱きしめてくる佳伽だ。二人きりという状況になれば歯止めが効かなくなるのは確実で、ついに童貞を奪われる時が来てしまったのかと覚悟していた。ちょっと期待しつつ。

それが風呂に乱入してくることも、ベッドの中に潜り込んでくることもない。正直いえば、拍子抜けしつつ高司は佳伽との二人だけの時間を過ごしていった。


「タカ君、あのね……お話、できるかな？　大切なお話なの」

そんな平穏の事態が急変（？）したのは、土曜日の夜のことだった。

風呂に入り、夕食後にちょっとしたお喋りも終わり、高司は自分の部屋に戻ってパジャマに着替えていた。そろそろ寝ようかなと考えていたころ、ドアがノックされて佳伽が外からそんなことを言ってきたのだ。

「うん、いいけど。なに？」

応えると、佳伽が恐る恐るという感じで部屋に入ってきた。先ほどまでリビングで見せていた明るい雰囲気ではなく、どこか悲しげで、顔は俯いたままだった。今まで見たことのない、シリアスな雰囲気を纏っている従姉に、高司は緊張してしまう。

「よし姉ぇ……どうしたの？」

「うん。あのね……」

佳伽がベッドに座ると、いつものクセで高司はその隣に座った。普段ならすぐに抱きついてくるが、顔を伏せたままでいた。

「よし姉ぇ。大切な話って？」

「うん……。あ、あのね。タカ君、スポンサーの話って……本当に迷惑じゃなかった？　プレッシャーになったり……」

「え？　まさか。コーチも部の連中も喜んでるよ。俺も目標ができたから、前よりも気合いが入ってるし」

高司にそう言われて、佳伽は心底安心したのかホッと息を吐いた。

「良かったぁ……。私、余計なコトしちゃったかもってずっとドキドキだったの」

いつもと違ってなんだか元気がなく、怯えているようにさえ見えた従姉。それは、自分のしたことが高司にとってマイナスだったかもと悩んでいたせいのようだ。

（もっと、よし姉ぇを安心させよう）

機会があればきちんと言いたかったことを、少し頬を指先で掻いてから口にした。

「余計なわけないって。よし姉ぇがいなかったら、俺にスポンサーなんてつくわけないし。

えと、あの……今さらだけど」

高司は隣に座る従姉を見て、ペコッと頭を下げた。

「ありがとう。よし姉ぇ」

「はうぅぅぅぅぅぅ……タカ君っっっっっ!!」

感激した佳伽は高司をしっかりと抱きしめて、彼の頭の中に顔を埋める。

「スー、ハー、スー……。あぁん、いい匂い♪　もぉ、そんな可愛いこと言ってお従姉《ねぇ》ちゃんを昂奮させるなんて。いけない子♪」

「ちょ、よし姉ぇ！　やめ……うわ……！　もう、なんだよ！」

シリアスモードからいつもの佳伽に切り替わったことに安堵しながら、柔らかいおっぱいと、いい匂いに慌ててしまう。両親もいない二人きりの家。佳伽が暴走したらベッドに押し倒され大変なことをされかねない。

ゆっくりと高司の髪の匂いを嗅いでいる佳伽が、この後どうするのかと警戒した。

「スー……ん……。はぁ……。スー……」

ところが、佳伽は暴走しなかった。まだ怯えるように高司を抱きしめ、再びシリアスモードに戻ってしまう。いろんな部分でニブい高司ではあるが、珍しく気付いてしまった。

「大切な話って、スポンサードのことじゃないの？」

ピクッと佳伽の身体が揺れた。だが返事はなく長い長い沈黙があった。

どのくらい時間が経過してからか……やっと口を開いた。それが、もともと佳伽が伝えたかった「大切な話」なのだろう。

「あのね……。実はね……私、一度だけエッチの経験があるの」

今度は高司が身体をビクッと震わせる番だった。この「エッチ」がオナニーや、フェラチオを意味しないことは察せられた。つまり、佳伽は誰かともう「経験済み」なのだ。

(だよな。そりゃ……そうだよな……)

従弟の目から見ても、佳伽はかなりの美人だしプロポーションもいい。性格も明るく、同年代の男が放っておくわけがない。自分にあれこれとちょっかいを出してきたのは、弟的な扱いだからだろう。

そう冷静に分析しても、胸がギュッと締めつけられてしまう。彼氏の一人や二人、いてもおかしくない。ただ、どうして今それを高司に伝えるのかだけが、わからなかった。

「それでね……タカ君も、その、一回経験があるんだよ」

「……ぅえ？　なに言ってんの？」

思わず変な声をあげて反応してしまった。意味がまったくわからない。

「まだ私が学生だったころの夏休み、遊びに来たらタカ君がお昼寝してて。おばさん、お買い物に行くっていうから私、お留守番してたの。そのとき……」

佳伽が乳房を強く押しつけ、高司の腕をそっと触れる。

「部屋を覗いたら、かわいい顔でタカ君が寝てたの。そのとき、あの……ね……すっごく、ココが膨らんでて……」

するりと腕が動き、素早く高司の股間をチョンと撫でた。

「そ、そ、それでね……タカ君のすごく、見たくなっちゃって。おおきくなったら、どんななのかなぁ……って。あの、それで……。引っ張り出しちゃって……」

どうして従姉がこんな話をしているのか、まだわからない。ただ、少し嫌な予感を感じながら聞き続ける。

「すっごく大きくて、いい匂いもして……。はぁ……ハァ……。ピクピクしててね。すごく苦しそうだったの。それで、私、すごく変な気持ちになっちゃって……」

そのときのことを思い出しているかのように佳伽の息づかいがわずかに荒くなった。

「気付いたら、パンツを脱いで……タカ君のおちんちんを、自分のアソコに押し当てたの……。よ、四つん這いになって……」

つまり、寝ている高司の身体に跨がり、おまんこで肉棒をいたずらしたわけだ。

「さ、さ、最初は、擦るだけだったの。でも、なんだか、気持ち良くなってきちゃって。あそこも、すごく濡れてきて……」

「ま、まさか……それで、事故っちゃったの？」

「い、言い方っ！　うう……。初めてタカ君のを挿れたの事故って言うのは……いや、かな……」

考えてもいなかった告白に、高司は顔をあげて身体を離し従姉の顔を見つめてしまう。

「でも、先っちょだけとかなんだろ？　初めてって痛い……って聞くし……」

「えと……すごく、痛かった……です」

「…………」

高司は言葉が出なかった。知らないうちに童貞を喪失していたとは。

「痛かったけど、初めてをタカ君にあげられて、すごく興奮したの！　だから後悔とか全然ないの。嬉しくて、そのまま動いちゃって。一人で……い、イッ……ちゃった」

照れ隠しのようにアハハと空笑いしているが、高司は笑えない。

「そ、それでね。あの日から……。タカ君じゃないと、私の身体って反応しなくなっちゃったのね」

「どういうコト？」

「う……。あの……。何回か、男の人に告白されたんだけど、ぜんぜん心が動かなかったの。いっつも頭の中、タカ君でいっぱいで……。タカ君に抱きついたり、その、おちんちん弄《いじ》ったりすると……すごく……。だから、いつも……いっぱい……触っちゃうの」

どうしていつも強烈なスキンシップをしてくるのかが判明した。

「大切な話って、そういうこと？」

「う、うん。勝手に、タカ君の初めてもらっちゃったの、伝えようかな……って」

「そ、そう……」

色々とショッキングな内容で、まだ頭が混乱している。そんな困惑中の高司の肩を、佳伽が息を荒くしながら掴んだ。

「はぁ、はぁ……それでね。ここから、もっと大切なお話だよ。はぁ、はぁ……。今まで、ずっと触るだけで気持ちを押さえられたんだけど……」

「うん」

「もう無理」

「え？」

まるで獲物を捕らえるかのごとく、佳伽は高司の身体をガシッと掴んだ。

「もうタカ君は女性を夢中にさせすぎだよぉ！　会社来たときだって、うちの子たち、ぽわーんとあなたを見ていたし。それに、伊鞠さんも、璃燈さんも……。素敵すぎる！　あんなキレイな人たちじゃ、タカ君取られちゃうもん！　そんなの絶対にイヤ！」

一気にまくし立てた佳伽は、愛しい従弟をベッドに押し倒してしまった。

「絶対に、気持ち良くするから。ね？　お願い……！」

高司の返答を聞くこともなく、佳伽は素早く服を脱ぎ捨て、全裸になっていた。

「ちょ、あの、よし姉ぇ……落ちつ……んぶぅ……!?」

暴走している佳伽は止めようがない。よくわからないうちに仰向けにさせられた高司の顔に、おまんこが押しつけられてしまう。ピンクの裂け目はぐちょぐちょに濡れていて、ほこほこと温かく、淫靡《いんび》な香りが止めどなく溢れてきた。

(すごい……。これが、よし姉ぇの……お、おまんこ……)

風呂で何度か割れ目を見たことはあっても、こんなにぱっくりと開いた状態に近接するのは初めてだ。

「お従姉ちゃんはもう、準備できてるけど。タカ君のこっちがまだ準備できてないよね?」

いつの間にか高司の下半身はすっぽんぽんにされており、事態の急展開について行けない肉棒はまだ半勃起状態。それを佳伽はギュッと握りしめた。素手ではなく、何か布のようなものを巻いて……。

「う……。よし姉ぇ……な、なにを……」

「んふ、私のパンツでおちんちん包んでるの。さっきまで……今顔にフタしてるヌレヌレのあそこにくっついていた、ほかほかの脱ぎたてパンツだよ」

ゆっくりと上下に動き始める佳伽の右腕。

「これでいっぱい、にゅるにゅるしてあげるから……いっぱい私の温もりを感じて、大っきくしてね……ん、はぁ……んっ……」

「うわ、ちょ……んむぶぅ！　むぅ……んむぅぅぅぅ！」

　濡れ濡れのおまんこで口と鼻が塞がれてしまった。

（やばい！　おまんこで窒息する!!）

　淫肉から逃れようと無我夢中で高司は頭を振り、口を塞いでくる肉棒を舌と唇で押し返した。

「んはぁぁっ！　はぁ、はぁ……。タカ君、いっぱいペロッとしてくれたぁ……。嬉しい……。タカ君もしたいんだね？」

「ちが……んっ、ちゅぶぶぶ……」

　反論しようと口を開くと、またおまんこを舐め回す形になってしまった。佳伽の腰が喜びにビクビクと動き、トロリと甘い蜜を膣穴から漏らしてくる。そ

れは口の周りを覆い、鼻にまで入り込もうとするので、啜ったり、舐め取ったりしなければならない。

「じゅりゅ……んっ、じゅりゅ……ちゅぶ……じゅぶぶ……んっ……」

「ふああ！　嬉しいぃぃ！　はぁ、はぁ……タカ君が、タカ君が、おまんこ舐めてくれてるぅ！　エッチなお汁も呑んでくれて……あっ、あぁっ！　ふあぁぁぁぁっ！」

　それだけで佳伽は軽く絶頂してしまい淫汁が増量された。

「うん、んっ……！　今日は、ずっとガマンしてた気持ちのぶん、いっぱいしちゃうぅ！」

　クンニの昂奮に佳伽は声をあげ、肉棒を大きく擦り続けた。そして、もっ

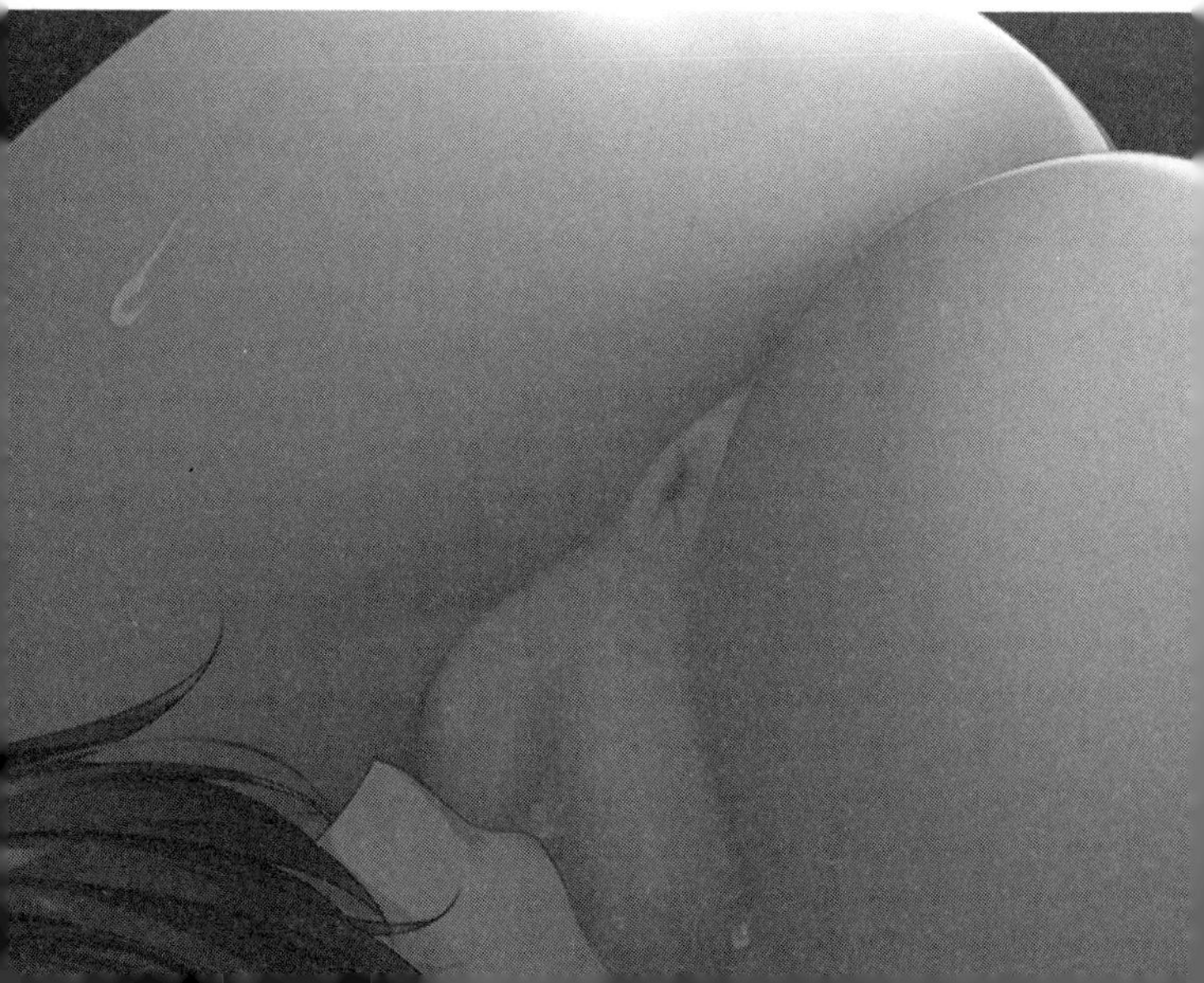

と快感が欲しいとばかりに陰部を容赦なく従弟の顔に押しつける。

(うわっ⁉ これ、ホントに、おまんこで溺れちゃうだろ……。うう、それに、エロい……。なんてエロい匂いなんだ……)

初めて近接するピンク色の裂け目。命の危険と闘いながら高司は思い切り音を立ててそこを舐め続ける。

「はんぐ、んぐ……んぐ……じゅぷぷ！ んぷ、んぷんぷぅ……んぐぅぅ！」

「あ、あ、いやんっ……。そんな、いやらしい音させて……ぇ。タカ君、しゃぶりすぎだよぉ……。あっ、あぁ……恥ずかしい……。でも、乱暴なの……気持ちぃぃぃ……」

艶やかに喘ぐ佳伽の声が聞こえて、高司はドキッとしてしまう。今まで何度もおっぱいを押しつけられたり、フェラをされたりしてきたが、佳伽のこんなエッチな声は初めて聞いた。肉棒がビクッと震えてしまうと、佳伽が歓喜の声をあげる。

「はうぅぅ……。あっ、あぁ……。おちんちんも暴れてるぅぅ。はぁ、はぁ……。んっ、気持ち良くて、上手に握れない……かな……んっ……んっ……」

快感に力が入らない佳伽の手コキはリズムも、力の入れ方もバラバラで、時々ぎゅっっっと握られてしまう。だが、ぬるぬるのパンツに覆われているので、その締めつけは痛みにならず、むしろ気持ち良かった。

「ふあぁ……。はぁ……はぁ……。お従姉ちゃん、わかっちゃった。先っちょをギュってすると、おちんちん反応して、カワイイ♪　んっ……んっ……」

「んぶぅ!?　むぐぅ……んぶふぅぅ！」

「ぎゅっ……ぎゅっ……。はぁ……んはぁ……。ほら、ほら、もっと気持ち良くなって。もっともっとお従姉ちゃんの温もりで、良くなってっ♪　あっ、あぁぁぁんっ……」

貪るような手コキをするたびに、膣穴がギュッ、ビクッと開閉し、淫汁が分泌された。そこはもう完全に「硬いモノ」を欲しがっていて、高司の舌を吸い込んでしまう。

「ふぁぁぁ……！　あっ、嬉しい……。舐めてくれてるぅ……。タカ君が、エッチなところぉ……。初めてだよぉ……こんなのぉ……はぁはぁ……おちんちんも、カチカチぃ……」

従姉の手の中で肉棒はパンパンに腫れ上がり、ビクビクと痙攣するように震えている。

「かわいい……こんなに、震えてる……はぁ……ハァ♪　あぁん……かわいい♪」

高司と違い、佳伽は従弟の肉棒の扱いをよく心得ていた。ビクビクと蠢き始めれば絶頂が近いのを知っている。

「あ、あぁ……。かわいい……。出そう？　もう出そう？　じゃあ、お従姉ちゃんのおまんこで出そうね？　いい？　いいよね？」

いやらしすぎる問いかけをしている間も右手はシコシコと巧みに動き、亀頭を絶妙な強さで責め立ててくる。顔にはたっぷりと密着している従姉の陰部。

（もう……限界……っ）

身体にギュッと力が入り、肉棒がビクンッと大きく弓なりになった。瞬間……。

「むぅ……くぅぅぅ……んっ！　んっ！　くぅぅぅぅっ！」

慌てる佳伽だが、もう止めることはできない。亀頭の先端からドロドロの精液が噴出し、脱ぎたてのパンツを濡らしていく。

「ふわぁぁぁぁっ！　まって、まって！　まってぇぇ！　まだ出しちゃだめぇぇぇ!!」

「あっ、あぁっ……！　だめ、この精子、お従姉ちゃんの膣内《なか》に、出す精子ぃっ、んはぁああぁっ！　まって……まってぇぇ！」

慌てた佳伽は、それ以上射精させまいと亀頭を強く握ってしまうが、それは追加の快感に他ならなかった。

「むんぐぅぅぅぅ！　んっ……！　んっ！　ぐぅぅぅ!!」

「はゆぅぅぅ！　あっ、あぁ……。出てる、まだ出ちゃってる……ああ、私の、はぁ、お従姉ちゃんの膣内《なか》に出さなきゃいけないのに、こんなにぃ……」

寂しそうに呟くと、佳伽は肉棒を覆っていたパンツをそっと剥がした。精子塗《まみ》れでピクピクと震えるチンポを眺めると、こくんっと喉を鳴らす。

「お従姉ちゃん……知ってるんだよ？　タカ君のって、一回くらいじゃ、小さくならないの……。すごく元気なの……よく知ってるんだから……」

佳伽が腰を動かして陰部を高司の顔からゆっくりと引き剥がした。ねちゃぁ～っと幾筋もの淫蜜の糸が伸び、ムワッと淫らな匂いが拡散された。

「タカ君の……。こんなに硬くなって……。はぁ、はぁ……お従姉ちゃんで、気持ち良くなってね？　いっぱい、使っていいからね……」

「え、あの……。よし姉ぇ……。まさか……」

知らないうちに経験していたとはいえ、実質的には初めての行為だ。本当に、幼馴染みの従姉とこんなことをしていいのか。高司は戸惑い、少し落ち着くよう提案しようとしたが、すべてはもう遅かった。

「ほら……見て……もうちょっとでタカ君の……立派なのが……あっ……」

くるっと反転して正面を向いた佳伽は足を大きく開いて高司に跨がり、前かがみになった。そして自分の入り口へと肉棒をそっと宛がう。

「ふわっ⁉」

先ほどまで顔を覆っていた割れ目の間に、肉棒の先端がわずかに呑み込まれた。それだけで声をうまく出せないほどに……気持ちがいい。

「あああっ……見える、タカ君？　ほら、先っぽ……もう挿入《はい》っちゃった……♪」

「っっっっっっっ⁉」

「ほら……。もうちょっとで、もうちょっとで、タカ君のが……」

あと数センチ動けば佳伽の膣の中に肉棒が入ってしまう。避妊具もつけずに。高司は快感に何とか抗って、声をあげた。

「ま、待って、早く抜いて!! ダメだよ!! 俺たち、恋人でも何でもない。タダの従姉と従弟なんだよ! これ以上は、まずいって!!」

だが、佳伽は大人の笑みを見せて応じるだけだった。

「ごめんね。そういうの、もう……無駄なんだ。お従姉ちゃん、タカ君とのあのときの強烈な初体験の感触をもう一度味わわないと前に進めないみたいなの……」

言葉が終わると同時に、腰が静かに落ちてきた。

ぬちゅ、ぬちゅ……ぬちゅ……。ゆっくりと、肉棒が呑み込まれていく……。

「お従姉ちゃんね……本気の生エッチ経験しないと、恋愛とか、そういうこと一切考えられそうにないの。はぁ……はぁ……だから一回だけ。お従姉ちゃんを助けてください……」

「え? それ、どういう意……ふわあ!?」

従姉の言っていることがいまいち理解できず、尋ね返そうとした。だが、佳伽の動きはもう止まらない。

ずぶ……ズブ……ぐちゅ、ぢゅぶ……。勃起した肉棒がぐっちょりと濡れた淫膣に、ぁっさりと呑み込まれていった。

(な、なんだ!? チンポが熱い。ぐちゅぐちゅなのに、ビッタリと吸いついてくる……。くぅ……、き、気持ちいい……!!)

意識があるときでは初めての「膣内」は、驚くほどに気持ち良かった。

「あ、あぁぁ……。埋まってるぅぅ……。ずっと、夢見てたのぉ……。おちんちんが、お従姉ちゃんの膣内《なか》に埋まってくのぉ……！　あっ、あっ、あっ！」

ゾクゾクと、ようやくひとつになれた歓びに全身を震わせた。前かがみになっているので巨大な乳房はより大きく見え、そこもまた揺れている。

「はぁ、はぁ……。あとちょっと……で、全部……。は、入ってっぇ……あ……。あっ……ふあぁ……あっ……ふあぁぁぁ……」

少しずつ呑み込まれていく肉棒。快感と衝撃に高司はそれを見つめることしかできない。そして、ガチガチに硬直しているそれが根元まで呑み込まれた。と、同時に最深部にある亀頭が、コツンと何かに触れる。

「んふあぁぁぁぁぁっっっ！　あっ、あっ！　あっ、あぁぁっ、んあぁぁぁぁっっ!!」

「うわ!?　よ、よし姉ぇぇ!?　くぅぅぅ！　し、締まる!!」

膣穴がとんでもない力でギューッと肉棒を絞り込んできた。佳伽の身体はビクビクと震え、身体をぐねぐねと捻らせながら声を漏らしていた。

「んっ、あっ……くぅ……ひぃ……くぅ、うっ……くぅぅんっ！　んっ、くぅぅぅ!!」

「よ、よし姉ぇ!?　大丈夫!!」

「う、ん……んっ！　あっ……ら、らいじょう……ぶぅ。はぁ、あぁぁ……。タカ君のおっきーのが、深いところ当たって……あっ！　あっ、あぁぁぁっ!!」

佳伽は顔を真っ赤にしながら身体をビクビクと激しく痙攣させ、肉穴を締めつける。

「ふあぁぁ……。ふあぁぁぁっ！　は、恥ずかしい……。イッちゃってる姿……タカ君に見られてぇ……あっ！　あっ、くあぁっ！　いっ、んっ……くぅぅぅ！」

先端から根元まで、痛いほどに圧迫されながら、自分の腹の上で絶頂に至る従姉を見つめていた。当然、佳伽のこんな姿を見たことはない。

「んっ……はぁ……。はぁ……。あっ……はぁ……。はぁ……。ごめんね……タカ君。あっ、はぁ……はぁ……。お従姉ちゃんが、おちんちん食べちゃったのに、一人で気持ち良くなっちゃって……ごめんね……」

ようやく落ち着いたのか、佳伽は肩で息をしながら謝り続けた。なぜこんなに謝るのか……。高司は胸が痛んだ。

佳伽の暴走は毎度のことだが、今日のはちょっと意味合いが違う。従姉はめちゃくちゃをするように見えて、高司が本気で嫌がることはしたことがない。根はマジメだし、色んな事をガマンしてくれているのも知っている。

高司が体操選手として成長するにつれて、惹きつける女性が増えてきたのも本当はイヤなのだろう。でも、彼の成長のために笑ってくれている。

そんな彼女が無理やり挿入してしまったのは、従弟が伊鞠や璃燈と濃密な接触をするようになって、不安になったからだ。

（つまり、よし姉ぇを不安にさせたのは……俺なわけで……）

高司は佳伽の顔を見つめて、決意した。

「もう、謝らないでよ、よし姉ぇ」

「だ、だって……。私が……勝手に、しちゃったから……。はう⁉」

膣内で肉棒がビクンッと大きく跳ねた。

「ふぁあっ⁉　あっ！　あっ！　あぁぁぁっ‼」

体操で鍛えられた筋力を使い、高司は腰を強く佳伽へと打ちつけた。

「あ、あぁあっ。や、これぇぇ！　動いてくれてるの？　あっ、あぁっ！　すごい、これ――

タカ君が私のおまんこ、擦ってくれた。もっともっと、お従姉ちゃんを責めて……っ」

肉棒がトロトロの淫膣に突き刺さり、広がったカリ首が膣壁を抉る。呻《うめ》いてしまうほど
にそれは気持ち良く、動けば動くほど腰が蕩けそうだった。

「はぁ……ああ、はぁ、あああ、しゅごい、んんっ、動いてもらえるのって……。こんな
に、違うん、だねっ！　あっ、あぁっ！」

「そんなに？」

「うん！　うん！　全然、違うぅぅ！　タカ君の逞しいのが、おまんこに、いっぱい入っ
てきて、はぁ、はぁぁぁ！」

膝立ちになった佳伽は、激しい突き上げに合わせて腰をくねらせ、肉壁を存分に突いてもらった。ゴリゴリと内部を抉り、先端は敏感な部分をゴッッ、ゴッッと乱暴に叩き続ける。快感の電流に意識が何度も飛び、だらしない痴態をまた従弟に見せてしまっていた。

「んはぁ、んはぁぁ……！　気持ちいいっ‼　気持ちいぃぃぃ！　タカ君の、おちんちん、すごいのぉぉ！　しゅごいよぉぉぉ！」

「はぁ、はぁ……。よし姉ぇ！　よし姉ぇ！　あっ、くぅぅぅぅぅ!!」

いつもは従姉に攻められてばかりの高司だったが、今は完全に攻撃側だった。肉槍で突き挿すたびに淫らな声をあげて喜ぶ従姉の姿に、たまらない喜びを感じてしまう。

「はっ、くぅぅ！　ふあっ！　ふはぁぁぁっ!!　気持ちいっ、とこ！　すごく、当たって！　あっ！　くふぅっ！　あっ！　あっ！　いっ！　あっ、あぁっっ!!」

真っ白なおっぱいがブルンブルンと卑猥に歪み、暴れている。余裕があれば、それを掴んだかもしれない。だが、高司はいっぱいいっぱいだった。

「うっ、くぅっ！　よ、よし姉ぇごめん！　お、降りて！　やばい、やばいぃぃぃぃ！」

「いやぁっ！　無理よぉっ！　無理むりぃぃぃ！　んはぁ、んはぁぁっ！」

「だって、このままじゃ、やば……やばいんだってばぁぁっ!!」

悲痛に叫ぶ高司が、何を慌てているのか……佳伽はわかっていた。鍛え抜かれた身体の従弟が本気を出したら、佳伽の身体を持ち上げられて肉棒を抜かれてしまうかもしれない。

佳伽は愛しい従弟の腕を掴むと、ギュッと膣に力を込めてグイッと腰を動かした。

「ん、んぅ、んんんんんんんんんんんんっ!?」

「ふあああ!?　い、いま、締めたら……!!　あっ、ふあぁぁっ!!」

強烈な締めつけのまま擦られる肉棒。手や口とは全然違う、驚くほどの快感。広がり切ってしまったカリ首が、無数の肉ツブにゴシゴシと扱《しご》かれてしまう。もう、それに耐える余力は高司にはない。

「やん……あっ！　あっ、気持ちいっ！　これ、気持ちいぃいぃ！　おちんちん、びくびくしてるぅ！　あっ、あっ、中で……暴れてるぅぅ！　あっ、だめ、だめだめだめぇぇ！」

「くぅはぁぁぁぁ、よし姉ぇぇぇぇぇ！　ごめんっっっ！　んっ……くぅぅぅぅぅ!!」

細い手を掴みながら、力任せに射精してしまった。

「んあっ！　んあぁぁぁぁぁっ！　ふあぁぁぁぁぁぁぁっっっ!!」

同時に絶頂の喜びを叫ぶ佳伽。短時間で二度目の爆発でも、まだまだ白濁液は溜まっており、膣内へとドビュドビュと熱い牡汁が注ぎ込まれる。

「ひゃう……ひゃうう……。でてるぅーんん、はぁ、ああっ、膣内《なか》に、膣内《なか》に……びゅー、びゅー、でてりゅ……んんっ。ひゃう……ひゃう……」

まったく制御が効かない大量射精が続く。膣内射精した瞬間、まるで腰が溶けてしまったのかと錯覚するほどの快感だった。

（あ、あぁ……。よし姉ぇに、俺、膣内出《なかだ》ししてる。射精してる。よく知ってる、人の、おまんこに、精子注いでるっ……）

頭のどこかで現状を分析しながらも、快感には抵抗できなかった。肉棒からは精液が流れ続け、佳伽の膣内を満たしていく。

「んはぁ……。しゅごいぃ……。しゅごいのぉ……。タカ君の、いっぱい、注がれたらぁ……イクのぉ……とまんにゃいぃ……あっ、あっ、ふあぁぁっっ‼」

びく、ビクビクと痙攣する淫膣。その感触が、まだ硬さを残す肉棒を通して感じられた。

「あふぅ……。タカくぅぅ……んっ……」

甘えるような声を漏らしながら、ゆっくりと佳伽が倒れ込んできた。その柔らかい身体を受け止めて、そっと抱きしめる。

「タカ君っ……。いっぱい……イッちゃったよぉ……」

「う、うん……。あの、膣内《なか》に出しちゃって……ごめ」

謝ろうとした高司の唇を、佳伽の人差し指が塞いだ。

「いや。謝らないで。お従姉ちゃん……嬉しいんだから。はぁ、はぁ……。動いてもらうのって、こんなに気持ちいいなんて……。はふ……ぅ……」

たっぷりと絶頂しトロンと蕩けた従姉の表情は、ひどく……いやらしかった。頬が紅潮し、快感の熱に涙が浮かんでいる。唇は、艶やかにピンク色だった。

「ね……ぇ……。タカ君……」

誘うように蠢き出す佳伽の腰。大量の膣内《なか》出しと、分泌された愛液で肉穴は蕩けきっているものの、ギュッと絡みつかれればたまらなく気持ちがいい。

「う……。また、締まってきたけど……」

「うん……。えと……。一回だけって言っちゃったけど……。あのね……。お従姉ちゃん

「……もう一回、ううん、もっともっと……欲しいなぁ……」

思い切り甘えた声のおねだりを、従弟が拒否できるはずがない。

高司は佳伽の身体を抱きしめて、また腰を動かし始めた。


一回だけのはずだったセックスは、合計六回連続してしまった。すべてが膣内《なか》出しだったので高司は「いいんだろうか？」と思ったが、佳伽が大丈夫と言ったので、一応は安心している。

二人は後片付けをしたあと、身体をキレイにし、パジャマ姿に着替えた。

「はふ……。ホントは……もっと……欲しいけど。タカ君、もう寝ないとね」

「俺も限界だって……。はぁ……」

鍛えまくっている高司であっても、さすがに連続セックスは身体にこたえた。明日も練習があるので十分休養が必要になる。

残念そうに微笑んだ佳伽がそっと高司の頬を撫でた。

「ありがとう。お従姉ちゃんのワガママを受け止めてくれて。とってもステキだった……」

一回ではすまなかったセックス。しかも、まだまだ二人ともしたくてたまらない。

ずっと昔から知っている従姉が、今までと少し違って見える。もちろん優しい従姉であるのは変わらないが、もっともっと近い……男と女としての距離感。

「タカ君……」

熱く潤んだ瞳が、佳伽も同じ気持ちであることを物語っている。

自然と高司は従姉を抱き寄せた。そして、唇に……。

「ンっ………」

長い長い口付け。ずっと以前、子供のころに、キスをしたことはある。だが、そんな子供がじゃれあうような行為とは意味合いが違う。

「ふあ……。う……」

「よし姉ぇ……」

再び高まってしまう感情。だが、佳伽は切なく従弟を見つめながら首を振った。

「今日は……もう。がまんしよう？　ね……？　タカ君、疲れてるから……」

そう言って優しく、高司の胸をぽんぽんと叩いた。不思議なことに、それだけで身体から力が抜けて眠気が襲ってくる。もっと佳伽と話したいが、睡魔に屈してしまった。

「ふふ。お休み、タカ君……」

ストンと眠りに落ちた従弟の頬を撫でると、佳伽は立ち上がり部屋を出て行く。

最後に振り返って、寝ている高司の顔を見ながら、そっと呟いた。

「また……しようね……。タカ君……」

学生選手権の地区予選会まで一週間と迫っていた。

初月学園の部員たちの練習にはさらに熱が入り、自分たちの精度をあげようと意気込んでいた。

「焦るな。ここまで来たら大技よりも、微細な部分に神経を使うんだ」

熱が入りすぎてオーバーワークにならないようコーチが注意を促す。ここでケガでもしたら、学生選手権は絶望的だ。

そんな緊張感溢れる練習場に、場違いな人物が二人いた。

「いいぞ、上腕の使い方がしなやかだ！」

「首の角度に気をつけて。顎の力が抜けてしまうわ」

苦手の吊り輪に挑んでいる高司のそばで、アドバイスを繰り返しているのは、もちろん伊鞠と璃燈。

雨宮歯科医院では初月学園体操部員の歯のメンテを見ているため、伊鞠がここにいてもおかしくはない。コーチとも顔なじみだ。ただし、高司以外の部員は誰も伊鞠の手で治療を受けたことはないが。

一方、璃燈は強引だった。校門で教師たちと一悶着あったのだが、騒ぎを偶然聞きつけた高司が間に入り、璃燈が自分の「スポーツマッサージャー」だと伝えることで入校できたのだ。

「ほんと強引なことをするわね。楠国君の迷惑を考えられないの？」

「一週間前だからね。動いてる状態をチェックしたかったんだ。身体全体のケアはあたしのほうが詳しいんだから、先生は帰ってもいいんじゃない？　お忙しいんだろ？」

「……あなたこそ。人気マッサージャーがさぼってるから困るって、アーユス・ラクシュミーのマネージャーが仰《おっしゃ》ってたわよ」

「そっくりそのまま、あんたに返すよ。スタッフさん。困ってたけどね」

たとえ学園内であっても、二人はバチバチとやりあっていた。ただし、高司には聞こえないように小声で。どれだけ相手が気に食わなくても、高司の邪魔はできない。

それに何より、二人とも彼の姿に夢中だった。

（なんてカッコイイのかしら……。なんだか……子宮がキュンキュンしちゃう……）

（すごい。すごすぎだよ……。ああ、絶対にあいつをあたしのモノにするんだ）

二人とも無言で思い切り邪《よこしま》なことを考えながら、高司の練習を見守っていた。

「よし。休憩」

コーチの指示に、部員たちはすぐに練習をやめた。一分でも長く練習したいのだが、オーバーワークはケガに繋がる。思い思いにストレッチを始めると、すぐに璃燈が部員の一人に近付いてアドバイスをする。

「どこ伸ばしてんだそれ。は？　そんなんで腸腰筋伸びるわけないだろ」

高司目当てではあるが、璃燈もプロフェッショナル。間違ったストレッチには相手が誰でも一言、口を挟まずにはいられないようだ。

「あ、ホントだ！　全然違う」

璃燈のアドバイスに従うと、まったく効果が違い、我も我もと集まってくる。その中に高司がいたので、彼女は満足げに微笑んだ。最後はコーチも加わり、ボディーメンテの基本講義が始まった。

「ふーん。あなた、本当に有能なのね……」

手短に話し終えて部員たちが再びストレッチを再開したころ、伊鞠が近付いてきてそんなことを言った。

「なんだよ今さら」

「普段のあなたの言動がね。でも、見直したわ」

もしここに雨宮歯科医のスタッフがいたら驚くことだろう。伊鞠がここまで手放しに褒めるのは極めて珍しいのだ。璃燈も、伊鞠が優秀な歯科医であることを知っているので評価されて嬉しいのだが、素直に喜べず「ふん」と強がって見せた。

そんなふうに一応の講和が成されたタイミングで、新たな勢力が参入してきた。

「あの。失礼ですが、いつまでいらっしゃるのでしょうか」

やってきたのは女子マネージャー二人。目上に対して丁寧な物言いだが、態度は明らかに敵対している。

「問題がないと判断できるまでね」

伊鞠が腕を組み、鋭く睨みながら告げた。小娘ごときには対抗できない、知性と威厳のたっぷり詰まった視線で。

「う……。あ……。でも、部外者がいると、皆に良くないので。考えてください」

精一杯の声でそう言ったが、あまり伊鞠たちには効き目がない。

「あたしたちがいる程度で緊張するレベルじゃないだろ？」

「……それは、そうですけど」

真っ当な指摘に唇を噛む女子マネージャー。そのうちの一人が、ごくごく小さい声で「オバサン邪魔すぎ……」と言ったのを、伊鞠と璃燈は聞き逃さなかった。だが、それを突っ込めば不毛な言い合いになるのは目に見えている。

この子たちをやり込めるのは簡単だが、高司に迷惑をかけられない。二人は無言で互いに頷いた。

「あと少し見学したら退散するわ」

「部活が終わってから、じっっっっくりボディーメンテするんでね。準備をしないとね」

マネージャー二人の狙いが高司にあることを見抜き、璃燈は挑発的に言い放った。

「くっ………」

大人の女性からの圧倒的な威圧。マネージャーたちは悔しがりながらも、頭を下げて逃げていった。

「……オバサン、ね」

「……ちっ」

密かに傷ついている二人だった。


そしてついに、学生選手権地区予選の当日がやってきた。

この大会で優勝した学園が地区代表となり、総合成績上位四名が個人の代表となる。

「がんばってぇぇぇ！　楠国くーーーん」

初月学園の女子学生たちの黄色い声援が、高司に飛んだ。よく見れば、他の学園の女子たちも自分のチームそっちのけで高司を応援している。

「やっぱり楠国君、すごい人気ねぇ……」

「ほとんどの女子が、あの子を応援してるんじゃねーの？」

「タカ君、モテすぎ……」

今日のために仕事を休んできた佳伽、伊鞠、璃燈が溜息を漏らす。高司が女子に、特に年上女性たちに好かれるのは自分たちの経験上かなりよくわかっているが、改めて体感すると驚いてしまう。

「はぁ、こんなに応援されてタカ君緊張しないかな……」

「この程度で実力が出せない子じゃないでしょ？」

「そうそう。このくらいのモテっぷりは慣れっこだろ」

「はは、そうだね。頑張れぇぇぇ！　タカくーーん！」

高司を巡って競い合っているはずの三人だが、彼をサポートし合っているうちに、気付けば関係が深まっていた。色々なことを話しているが、当然のように秘密もある。

（タカ君とセックスしちゃったって言ったら……二人とも、大変だよね）

佳伽はそんなことを思いながら、密かに優越感を持っていた。

「あ、始まるぞ！」

あれこれとお喋りをしている間に、競技が本格的にスタートした。高司の第一種目は跳馬。手を上げて、力強く走り出す。そして……。

「飛んだ！　うわ、すげー！　いま、何回転したんだ⁉」

「すごい、すごすぎるわ……」

「ステキ……」

会場からは割れんばかりの拍手。掲示された得点は他の選手とは桁違いで、楠国高司がいかにハイレベルな選手であるかを証明していた。

そして、すべての競技が終わった。

参加する誰もがベストを尽くそうと演技に挑み、大きな声援を受けた競技会場はシンと静まりかえっている。

「総合優勝。初月学園」

結果が発表されても、歓声はさほど上がらなかった。初月学園は全国上位レベルの高難度の技を繰り出し、序盤で他を圧倒する得点を築いており結果は見えていたからだ。あわせて個人の代表も決まったが、四人とも初月学園。個人総合優勝は高司だった。

表彰台に上がり、地区大会のメダルをかけられる選手たち。だが、どの顔も決して満足はしていない。目標はもっと高いところにある。

高司たちは優勝の祝勝会♪　などということはなく、大会会場から学園に戻り整理運動を行った。

「今日は何もしないで、ゆっくりと休め。疲労を残さないのも技術だからな」

最後に念を押されて解散となり、それぞれが家に戻っていった。

(はぁ……疲れた)

学園にいるうちはアドレナリンがまだ出ていたのだろう。疲れをあまり感じなかったのに、駅を降りて通い慣れた道を歩いていると徐々に手足がズッシリと重くなってきた。家まではさほど遠くないのだが、今日はやたら長く感じる。

ユニフォームや諸々の道具が入ったバッグもなんだか重たい。

(ふああ……。帰ったら、すぐ寝るな……これ……)

半分は寝ているような状態で歩いているうちに、やっと家の門が見えてきた。ホッと息を漏らし、門扉から中に入る。

「「「おめでとおぉぉぉぉぉぉぉぉ!!」」」

「のわぁぁぁぁぁっ!?」

塀の影に隠れていたらしい。いきなり麗しい美女三人がお祝いの言葉を発して、高司に抱きついてくる。言うまでもなく、佳伽、伊鞠、璃燈だ。

「会場だと近づけなかったからね、お従姉ちゃんここで待ってたの」

「カッコ良かったぜ!　お前、すごいんだな!　もう、なんかすごかった!」

「ふふ、今日は二人きりでお祝いしましょうね?」

伊鞠が背後から抱きつき、優しく耳元で囁いた。だが、すぐさま両サイドに佳伽と璃燈が立ち、腕に抱きつきながらおっぱいを押しつけてくる。

「あたしだろ？　さあ。たっぷりマッサージしてやるからな？　ここも、かなり溜まってるだろ？　スッキリさせてやるから」

「違うよねー？　タカ君は、お従姉ちゃんのここが……いいんだものね？」

高司の手を取り、自分の股間に押し当てた。ぴくんっと身体を震わせ、艶やかな溜息をふぅ……と吐く。

「また、いっぱい出していいんだよ？」

「「え……？」」

伊鞠と璃燈の目つきが凶悪に鋭くなった。そして、高司を強く強く抱きしめ、食いついてくる。

「どーゆーこと？　どーゆーことだ！　おい、まさか……」

「したの!?　しちゃったの!!」

三人それぞれに立ち上る いい香りと、柔らかおっぱいの感触。だが、今日の高司はそれらを受け止める余裕はなかった。

「かんべん……してぇ……。今日は……ふわぁ……。疲れて……」

強烈な三人の美女からのアプローチがあっても睡魔は逃げていかない。むしろ、ぽにゃぽにゃと柔らかい感触に、意識がさらに怪しくなっていく。

「そ、そか。そうだね。ごめんね。お従姉ちゃん……慌てちゃって。うん。お祝いのデートは、また今度しようね？」

「私も！　私もよ……楠国君。絶対に」

「あたしともするんだからな！　いいな！」

いきなり突きつけられたデートの約束を、高司は「うん、うん」と頷いて聞いていた。完全に睡魔に支配され、立っているのもやっとだった……。

「ふあぁ……。んっ……」

そして、三人に抱きしめられながら、高司は寝てしまった。美しい三人の肉食獣の前で無防備な姿を晒すのは、極めて危険だというのに……。


二週間後。高司は、伊鞠と二人きりでレストランにいた。高層ビル最上階にある「超」高級レストランで、高司は伊鞠が買ってくれたスーツを身に着けている。彼女も正装で、胸元が大胆に開いている優雅なドレス姿。

「俺、本当に、雨宮先生とデートの約束したんですか？」

「もう。最初に言ったでしょ？　今日は、伊鞠って呼んでって。ね……」

「あ……はい。伊鞠さん……」

「んっっっっっっっ……くぅぅぅぅ……っ……っ……♥」

そっと伊鞠は自分のお腹を押さえ、太ももの内側を擦り合わせる。高司に名前を呼ばれるだけで子宮がキュウと疼き、おまんこがたまらなくなってしまうのだ。

「えと、大丈夫ですか？」

「うん。ふふ……。あなたとのデートが楽しみすぎて。ふふ、ごめんなさいね」

伊鞠の満面の笑みを見せられて、デートの約束についてそれ以上追及ができなかった。

地区優勝したあの日、家の前で三人がいたのは覚えているのだが、そのあとの記憶がない。しかし、美女三人によれば「デートをすると約束した」らしい。

そのため、この前の日曜日に佳伽とデートをしてきた。ちょっとショッピングをして、映画を見て、軽く食事をして……という、まるで学生のような普通のデート。ただ、その帰り道にホテルに入り、五回も佳伽に中出ししてしまったのだが。

そして今日は、伊鞠の番というわけだ。

「好きなモノを食べてね。あなたのお祝いなんだから」

「あ、ありがとうございます。でも、高級すぎて……ハハ、緊張しちゃって」

困りながら高司がはにかむと、佳伽がまたそっとお腹を押さえる。

「もう……。キミって、本当にかわいすぎるんだから……」

靴を脱いで伊鞠は右足のつま先で、そっと高司の足を突《つつ》いた。テーブルクロスが周囲を覆っているので、傍目からは見えない。

「わ？　い、伊鞠さん……。なに？」

「ふふ。ちょっと意地悪しただけ。じゃあ、あなたが好きそうなモノを頼んであげるわ」

そう言って伊鞠はボーイを呼び、あれこれと注文を始めた。高司は聞いたこともない単語が並び、どんな料理が出てくるのかも想像できない。

「ああ、そうね。ヒレのほうがいいわ。ソースはシェフに任せます。ふふ、彼なら間違いがないもの」

超高級レストランでも萎縮などせず、ボーイと軽やかに会話をする伊鞠は、ハイソで優雅な大人の女性そのものだった。気品に溢れ、多くの女性が彼女のようになりたいと思うことだろう。

「あら？　どうしたの？　ポーッとしてるわ」

「あ……。なんだか、雨み……じゃなくて、伊鞠さん……大人だなーと思って。俺、こんな高級店緊張しっぱなしです」

「……私と付き合えば、毎日だって連れてくるわよ。あなたには、なーんでも教えてあげたくなっちゃう」

伊鞠のつま先が、またツンっと高司の足を突《つつ》く。こんなシチュエーションでのストレートなセリフに、高司はドキドキしてしまった。

佳伽はさておき、どうして自分が伊鞠や璃燈に好意を持たれているのか、正直よくわからない。それがまったく不快ではないから困ってしまう。困るどころか……。

テーブルに肘をついて少し前かがみになった伊鞠の胸元をつい見てしまった。あの乳房が大きくてやわらかく、その先端も眩しいほどピンクなことを高司は知っている。

「ふふ……。どこを見てるのかしら……」

口許に妖艶な笑みを湛えながら、ちょっとだけ胸元の布地を下げる。

「っ⁉」

チラリと見える高級そうなブラジャーと、魅惑的な谷間。周囲は気付いていないようだが、至近距離で見せられた高司は胸が痛いほどにドキドキとし、顔が赤くなってしまう。

「本当に……かわいいんだから……」

赤味の差した唇はぬらぬらと妖しく濡れ、眼差《まなざ》しは獲物を狙う猛禽類になっていた。もし、あと数分、料理が来るのが遅ければ、その場で伊鞠は高司を押し倒していたかもしれない……。


初めての食材と味わいばかりで、ただただ「美味い！」ということしかわからなかった高級レストランの料理。しっかりと食べきったあと、伊鞠の車に乗せられ、連れて来られたのは駅前の高層マンション。つまり、伊鞠の部屋だった。

「今日のメインは、おうちデートです♪」

女性の部屋に上がることはためらわれたが、ここで逃げ出すのも伊鞠に申し訳ない気がした。

「うわぁ……」

玄関から先は高級に高級が重なり、さらに高級を詰めこんだような部屋だった。

「私、着替えてくるわ。リビングで夜景でも眺めていて。飲み物は冷蔵庫にあるから、好きなのを選んでね」

「は、はい」

軽く手を振って伊鞠は一つの部屋に入って行った。かなりの服が並んでいるのがチラッと見えたので、いわゆるウォークインクローゼットなのだろう。

「すごい、眺めだなぁ……」

伊鞠が指さしたリビングに入ると、大きな窓から外を眺めて感嘆してしまう。朝の通学で何度か見上げたことはあるが、その一室に入ることになるとは思ってもみなかった。上層部なので自分の住む街の夜景を一望できる。

都会の一等地ではないものの、高層マンションの部屋は上になるほど高額になるのを以前聞いたことがある。

（このマンション、いくらくらいするんだろ……）

先ほどまで食事をしていたレストランも支払いは全部伊鞠がしている。色々とお金持ちなことは感じていたが、高司の想像を遥かに超えていた。

場違い感に若干の居心地の悪さを感じていると、ガチャッと背後でドアが開いた。

「お待たせ」

「いえ……は、はひぃ⁉」

入ってきた伊鞠は、予想もできない格好をしていた。

「み、みず……ぎ……」

胸や股間にメイド風のフリル装飾がついた、極めて布地の少ない水着。ご丁寧に、頭にもフリルひらひらのヘッドドレスを被っている。

「これ、好きなんでしょう？」

「う、うん。なん……どこ……。それを……」

気が動転して、変な声をあげながら肯定してしまった。動けばこぼれ落ちてしまうような柔らかい乳房を揺らしながら伊鞠は微笑む。

「あなたの部屋に行ったとき、水着メイドの特集本を見つけちゃったの。念のために、お従姉さんに聞いたら『バニーさんが一番で、二番が水着メイドさんみたい』って教えてくれたわ。ふふ、私たち、あなたのことたくさん情報交換してるのよ」

「う……。うう……」

普段は電子書籍しか買わないのに、あの本だけは紙でしか販売されなかったのだ。色んなことがバレていることに驚きながら、水着姿の伊鞠から目を離せない。

（伊鞠さん……似合いすぎる……。それに、ものすごくキレイだ……）

特集本に載っていたどの女性よりも美しく、いやらしいプロポーションをしている。熱く送られる高司の視線を嬉しそうに受け止め、誘うように身体をくねらせた。

「今日のデートは必ず、一番したかったことをしようと決めていたの」

ゆっくりと伊鞠がおっぱいを揺らしながら近付いてくる。

「デートの最後はやっぱり愛し合いたいもの。それに『初めて』だから、私の部屋でしたいと思っていたの。あなたを興奮させる格好でね……」

伊鞠の人差し指が、高司の顎の下をすぅっと撫でた。ゾクゾクと身体が震え、股間が熱くなっていくのを感じている。

「今日はこのエッチなメイド水着を着て……いっぱいエッチなご奉仕させて？」

淫らで熱い瞳で高司を見つめながら、彼の手を取った。

「ね、ご主人様……♪」

「ご、ごしゅじっ……ん!?」

「ええ、そうよ。私がメイドで、あなたがご主人様……。だからぁ……」

そっと耳元に口を寄せて、囁いてくる。

「おまんこでいっぱいご奉仕するので……ご主人様のおちんちんで、いっぱいメイドおまんこ、躾けてください♥」

それはまずい。絶対にまずい。かろうじて残っている理性はそう警鐘を鳴らしているが、身体は正直だった……。

「力を抜いて……まずは軽く撫でてあげますね？」

「う、わ……」

キングサイズのベッドで全裸で横たわっている高司。すでにそそりたっている肉棒を乳房で優しく圧迫しながら、亀頭が撫でられる。ただでさえエッチな伊鞠の身体なのに、メイド水着の姿は興奮を倍増させていた。

「はぁ……はぁ……。ピクピクしてる……。とっても硬い……」

手のひらで亀頭を何度も撫でられるたびに肉竿は蠢き、早くも先端から先走りが漏れ出していた。

「ふふ……。もうお漏らししてくれてる。嬉しい……。はぁ、はぁ……先っぽばかりだと寂しいですよね？　こっちも……気持ち良くしますね？　ちゅっ……ちゅっ……」

愛おしそうに肉幹にキスをしてから、べったりと舌を裏筋に張りつけて、見せつけるように舌を這わせた。愛情のこもった動きで丹念に肉竿が舐め上げる。

「れろぉ～……んちゅ……ちゅぱ……れるろぉ～♪　んちゅ……ちゅ……はぁ……ご主人様、好き……大好き……れるぅ……♪」

今日一日見せてきた大人の女性から、淫乱なメイドに変わった伊鞠は、何度も何度も上目遣いに「好き」と口にして奉仕を続けた。美しすぎる女性から、ストレートに愛をぶつけられてドキドキしないわけがない。

「ああ……♪　ご主人様、すっごく昂奮してくれて……ぬるぬるのお汁、いっぱい出てきちゃってます。ちゅ……んっ。ちゅ……ちゅりゅ……じゅぶ……じゅりゅりゅりゅりゅ♪」

唇が鈴口に押し当てられ、先走り汁が吸い取られてしまった。すぐさま口の中に亀頭が呑み込まれ、舌が絡みついてくる。と思ったら、すぐに口を離し、また肉幹にキスを浴びせてきた。

「もっとと感じてぇ……れる、っちゅろぉ……大好きな、ご主人様ぁ……♪　っちゅ、れちゅる……れろぉ……っ。好きぃ……大好き……んちゅ……んっ……ちゅぅ」

先走りで濡れた指先で、血が巡って張り出したカリをなぞり、鈴口付近を円を描くように擦ってくる。その間も裏筋を中心にキスが浴びせられ、柔肉で擦られてしまう。

メイド風水着が食い込み揺れるおっぱいが時折り高司の太ももに当たり、その柔らかさがたっぷりと伝わってきた。

「んりゅ、っちゅ、ふはぁ……れろぉ……♪　ご主人様の、ずっしりしてます……れちゅ、れろぉ……っ。ちゅ……ちゅ……」

「う、わ……先生、そこは⁉」

「らーめ……今日は……伊鞠さん……っ……ちゅぶ……んっ……はぁ……はぁ」

　伊鞠は右手で優しく陰嚢を揉みほぐしながら、そこにもキスの雨を浴びせた。

「ちゃんと、おなにー、してますかぁ……？　ちゅぶ……んっ……。溜めすぎは、体に悪いんですから……。溜まったら、いつでもこのメイドに、お申しつけくださいね？」

　甘い甘い、とてつもなく甘い言葉をかけられて、また身体がゾクゾクと震えた。もう先走りは止めどなく流れており、そのすべてを伊鞠は嬉しそうに舐め取っていく。

「ちゅ……ちゅ……。ご主人様のが垂れちゃう……もったいない。れろぉ……ちゅ、れるぅ……っ。んっ……。味が濃くなってきてます、ご主人様のお汁ぅ……」

　わざと舌を大きく出して、高司に見えるように亀頭をにゅっとりと舐めてきた。舌のザラザラとした感触が敏感になっている部分を責めるので、また汁が溢れてしまう。

「はむ……ちゅ……。んっ……ちゅ……。射精、しちゃってください。メイド伊鞠のご奉仕でぇ……いっぱい、気持ちよくなってぇ……っ。ちゅぶ……ちゅぶ……」

舌で裏筋を強く擦り上げながら、ぬめった指先の腹をカリにひっかけて、にゅこにゅこと何度も上下に刺激する。敏感なツボを完全に押さえられた、エッチなメイドのご奉仕に、肉棒が大きく跳ね回る。

「ちゅろ、れちゅ……れろ、っちゅろぉ……っ♪　ぁあ……ご主人様の、跳ねてぇ……っ。ちゅぶ……ちゅ……んっ……ちゅ……」

「くはぁぁっ！　うっ……うぅ……。伊鞠さん……っ！　俺、も、もう……」

「あふ？　射精しそうですか？　ちゅぶ……じゅぴゅ……れろぉ……。んっ、んっ……。いいですよぉ……。そのまま……かけて……。メイド伊鞠に、精液かけてください♪」

トドメとばかりに、はむっと唇が亀頭に噛みついた。その気持ち良すぎる衝撃に、肉棒が大きく震えた。

「ふあっ！　あっ！　い、伊鞠さんっっっ!!　出るっ!!　うっ、うぅぅぅ!!」

身体にギュッと力が入り、爆発するような勢いで精液を射出させてしまう。

「んっ、きゃふぅぅ♥　ふあぁぁぁ、ふあぁぁぁ……。いっぱい……いっぱいぃぃ……。はぁ……あっ、あぁ……」

ひときわ大きく跳ねた肉棒の先端から、大量の精液がメイド伊鞠に向かって迸《ほとばし》った。

「ふわぁ……熱いぃ……。とっても、熱くて……。あっ、あっ、あぁぁぁぁっ……」

噴射したての熱い熱い白濁液が顔に、首筋に、おっぱいに降り注がれた。それを伊鞠は恍惚とした表情で受け止めながら、乳首をピンッと勃起させていく。

「ふはぁ……。いい匂い……。ご主人様のぉ、匂い……。はぁ、はぁ、こんなに出してくれて……嬉しい……。とってもぉ……はぁ……はぁ……」

射精は一度で止まらず、二回、三回と連続で精液を放出し、伊鞠の身体を白濁に染めていった。

「あっ、あぁぁぁ……。はぁ……はぁ……。熱い……。身体が……熱いぃ……。はぁ、あっ……あぁ……あんっ……」

ぴくぴくと震える伊鞠の身体。そして恥ずかしそうに頬を染めて、高司を見つめる。

「ご主人様のぉ、精液浴びて……ちょっと……い、イッちゃいました……。はぁ……はぁ……。こ、ここが……すごく……疼いて……ぇ。あっ……ふはぁ……」

伊鞠は身体を少し離したかと思うと右足を高く持ち上げた。布地が極めて少ない水着は、大量の淫液を吸い取って割れ目にぴったりと貼りついてる。そこからは牝の淫臭が見えそうなほど濃厚に漂ってくる。

「ご主人様ぁ……。ここが……。とっても……ツラいんです……」

股間をかろうじて隠している布地を指でつまむと、グイッと上に持ち上げた。

触れてもいないのにぐちょぐちょに濡れ切っている割れ目。そこを指先でくぱぁ……と開くと、ピンク色の肉ビラが花開き、ドロリと蜜が溢れてきた。

「ほら、見てください……ご主人様のおちんちんにご奉仕しているだけで、こんなにあふれ出してきてしまうんです……」

言われなくても高司の視線は、その穴に釘付けだった。鮮やかなピンク色で、肉ビラはやや薄めだ。最深部の入り口が誘うように、ぐにょ、ぐにゅっと蠢いている。

(よし姉ぇより、ちょっと薄いピンクだ……)

そんな比較をついしてしまい、慌てて頭を振る。

「はぁ、はぁ……。見て……見てください……もっとぉ……。ここが、欲しがってるの……わかりますよね……？　あっ……欲しい……ごしゅじんのぉ、おちんちん……」

上の口のおねだりにあわせて、淫膣がぐちゅっと音を立てて、また淫汁を漏らした。顔を近づけなくても、牝の匂いが濃厚になっていく。

「はぁ……はぁ……。ご主人様ぁ……。私の身体……全部、あなたの、ご主人様のものだって……おまんこで、子宮で、わからせてください……っ」

いつもはキリッとした態度で仕事をこなすプロフェッショナルな伊鞠。そんな大人の女性が、無防備に媚びた甘い声音で高司を求めていた。

本当はマズい。かなりマズい。佳伽に続いて、伊鞠とまで。だが、もう、伊鞠を止めることはできないし、高司が自分を制御できるはずもなかった。

「伊鞠さん……」

高司は身体を起こし、淫らで麗しい年上の女性を見つめた。鍛え抜かれた彼の身体に、伊鞠は「はうっ……」と吐息を漏らし、熱い視線を絡みつかせる。

無言で膝立ちになり、メイドの右足を肩に担ぎ肉棒を濡れ切っている入り口に近づけていく。

「あっ、あぁ……。来る……。おっきーのぉ……。あっ……あぁぁ……」

昂奮に震える伊鞠の声。そして、ついに亀頭が淫裂に触れた。

「あっ、あっ……ふあああ！　あっ！　くはうぅぅ‼」

そのまま一気に肉棒が膣内に挿入……とはならなかった。高司は余裕がなく、緊張しながら膣穴に先端を押しつけるのだが、そこは愛液で満たされすぎていてぬるっ、ぐじゅぶっと滑ってしまうのだ。

「う、うわ！　すいません。ちょ、ちょっと待って……」

「ひゃ、ぁんぁあ……♪　そんな、焦らしてぇ……っは、ふぁ……先っぽでぇ……んんぅう……っ　はうぅぅぅぅっ‼」

切なく苦しげな声に高司はますます焦ってしまい、腰も一緒に動かしてしまった。

「きゃううぅっ!? く、クリトリス……擦るなんてぇ……。あっ、あぁぁっ! 早く……早くぅ……」

亀頭がずりゅっと入り口付近を擦るたびに、まるで射精のように愛液がプシュッと噴き出し、膣穴がぐぢゅぢゅと悲鳴をあげる。意図しない焦らし行為ではあったが、伊鞠の余裕をどんどん奪っていった。

「はぁぁぁ! お願いぃぃ! お願いだからぁぁぁ! 来てぇぇ! あなたの、あなたのおちんちんっっ! あなたの熱いので、お腹の中、全部満たしてぇ!!」

もはやメイドの演技ができなくなり、涙声になりながら肉棒をねだった。

「こ、ここだ! 行きますよ! 伊鞠さんっっっ!!」

「うん! うん! そこぉぉ! そこぉぉ! そこが、おまんこなのぉぉぉ!!」

膣穴に亀頭がズブッと入った瞬間、伊鞠は腰を持ち上げて迎え入れた。そのタイミングにあわせて高司も力を込めると、トロトロの膣穴に肉棒が入り込み、最深部まで一気に突き進んでいった。

「く、ん、っひぅうう――っ!? ひゃっ!? んぁっ、ああっ、んふぁあぁ……っ!? あっ、がぁぁぁっ!!」

高司は一瞬、何が起きたのかわからなかった。

のけ反った伊鞠の口から発せられた、苦悶とも、悲鳴ともつかない奇妙な絶叫。すぐさま肉棒がぎゅうっときつく締めつけたが、まるで膣壁が意思を持っているかのように、ギュッ、ギュッとリズムよく動き出している。

「っは、っは、ぁあ、っひぁ、ぁあう、ぁ、んぁああ……っ♪　ひゃ……うっ！　きゃ……あっっ！　あっ‼　っっっっっっ‼」

伊鞠の表情は喜びに溢れ、声もやっと淫らな喘ぎ声に近付いてきた。

「あっ、あふぅ……。嬉しい……。ずっと、ずっと……こうして……もらいたか……ったぁぁ……おまんこぉ、痺れちゃう……ビリビリ……っ。あっ、くぅ！　またぁっっっ！」

落ち着く暇もなく膣壁をうねらせながら、伊鞠は何度も何度も身体をのけ反らせ、跳ねさせている。

「ひ……うぅ……。くぅぅぅぅっっっっ！　んっ、くぅぅぅっ‼」

そんな伊鞠の淫靡《いんび》な反応が何を意味しているのか。ようやく高司は気がついた。

「もしかして……イッてる？」

問いかけに伊鞠は何度も小刻みに頷き、肉棒とおまんこの接合部からプシュッ、じゅぶっと熱い淫汁を噴き出していた。エロビデオで何度か見た、ハメ潮が伊鞠の身体で起こっていた……。

「か、感じ……すぎちゃって……ぇ……。あっ、あぁ……。ずっと、ずっと……エッチ……

したかったから……ぁ。おちんちんに……喜んでっ！　んっ、くぅぅぅぅぅ！」
　また伊鞠は身体をギュッと硬くしたかと思うと、ふーーーっと弛緩する。
「はぁ……はぁ……。ほらぁ、嬉しいから……イクの止まらないのぉ……。気持ちいい……

あなたのおちんちん……気持ち良すぎるぅぅ……」

ようやく絶頂の波が収まり出すと、伊鞠は身体を震わせながら、甘えた声でお詫びを始めた。

「はふぅ……。もうしわけ、ありません……ご主人様ぁ。何度もイってしまう、だらしないメイドおまんこでぇ……ご主人様より先に、気持ちよくなってしまってぇ……」

連続絶頂で身体は桜色に染まり、快感の荒波に目には涙が浮かんでいた。

「こらえ性のない、ダメメイドおまんこぉ……どうか、ご主人様のおちんちんで、しつけ直していただけますかぁ……」

再びメイド役を思い出し、おねだりするかのように伊鞠は腰を少し持ち上げた。落ち着きを取り戻した肉壁が、肉棒全体にねっとりと絡みついてくる。

「うん……。じゃあ……。伊鞠さん……」

高司は左膝の位置をやや前に移動させて、身体を安定させた。そして腰を前後にゆっくりと動かし始める。

「んっはぁぁ、ぁあ……んひぅう……っ♪　ひぅぅぅ！　あっ、あぁ……嬉しい……。あなたと……セックスしてるぅ……セックス……ぅ……あっ、あぁぁっ、嬉しい!!」

昂奮した伊鞠は腕を伸ばし、高司に抱きついてきた。

「うわっ!?　あっ……くっ!!」

予想外の動きにバランスを崩して前方に倒れ込んでしまうと、伊鞠を抱きしめるような形になった。

「ふぁ……。嬉しい……。ご主人様ぁぁぁぁ……。気持ちいいですか？　私の、おまんこぉぉ……？」

「う、うん……。すごいよ……伊鞠さんの……膣内《なか》。熱くて……ぬめって……っ」

「あふ……嬉しい……。あっ……ふぁあああぁぁ……」

絶えずとろとろの愛液が漏れ出し、不規則に蠢く膣内はどんなモノとも比べ物にならない気持ち良さだ。

「これからはいつでも、メイド伊鞠の本物おまんこ使ってくださいね。無遠慮に、乱暴にずぽずぽってしてぇ……無責任にい～っぱい、膣内《なか》出ししてください♥」

耳元でそう囁いた伊鞠は、最後に頬にちゅっと口づけた。

「う……。わぁ……」

妖艶なささやきと可愛い仕草に、背筋《せすじ》がぞくぞくと震えた。身体の奥底から暴力的な衝動が立ち上ってきて、高司は柔らかい身体を抱きしめると勢いよく腰を振り出した。

「んひぅうっ♪　っく、っは、ぁあひぅ、ぁあ、っふぁ、んぁあっ!?　ふぁぁっ!!」

ずびゅっ、じゅびゅっ！　と、派手に淫音が鳴らされ、肉槍がものすごい勢いで膣穴に何度も何度も突き挿さっていく。

「ンあっ!! んあぁっ！　すごいっっ！　すごいぃぃぃっ!!　硬いっ！　硬くて、あっ！　硬いのぉぉ！　あっ、ふんっ！　あふぅ！　あふぅぅぅっっっ!!」

ぐちょぐちょに蕩けきっている膣壁は強烈で高速な出し入れをたやすく受け止め、広がったカリ首をずりゅずりゅと扱き続ける。

「はぁ、はぁ！　ご主人様ぁぁっ！　気持ちいい！　すごいっ！　すごく、気持ちいいっ！　とっても、たくましくてぇぇ！　おまんこ、喜んでますぅぅぅ!!」

鍛え抜かれた逞しい高司の身体にしがみつきながら、伊鞠は快感の声をあげ続けた。もはやメイドが芝居ではなく、本心になりつつあるようだ。

「くっ！　くっ！　伊鞠さんっ！　すごいよ！　伊鞠さんのおまんこっ、ぐちょぐちょになってるよっ！」

「だって、だって！　気持ちいいからぁぁ！　ん、っぅう、っくぅんぅうう……っ♪　くひっ！　くひぃぃぃ！　んっ！　しゅごいぃぃぃぃ!!」

暴力的と言えるほどに激しい肉棒の往復に、巨大な乳房が激しく揺れて高司の胸を何度も叩きながら乳首が擦れていった。

「んくひぃぃぃ!!　ちくびぃ！　当たってぇっ！　あっ、ひゅぅぅあぁっ！　っひぅぅ……っ！　あっ、あぁっ！　いっ、あっ！　いぃぃぃっ!!」

昂奮に従い肉槍を何度も叩きつけたせいで、射精感が短時間で近付いてきた。敏感で、常に肉棒を悦ばせる膣壁に亀頭全体が強く挟まれぐにゅっ、ぐにゅっと擦られる。その先にある子宮口を叩けば伊鞠は快感に頭を左右に振り、硬い乳首を押しつけてきた。

「あっ、あっ、あぁぁぁっ！　ふあっ！　しゅご……いっ！　硬いっ！　おっきぃ……っ、っ、っ！　ぃぃぃぃんっ!!　あっ、きゅっ！　あっ、ひゅぅぅぅ!!」

なんとか耐えようと思っても限界はすぐそこにあった。余裕のないまま挿入してしまったので、避妊具もつけていない。このまま射精をするのはさすがにマズいと、高司は肉棒を抜く素振《そぶ》りを見せた。

「ひゅあうぅぅぅ!!　らめぇ！　だめぇぇ！　抜いちゃだめ！　抜くのだめぇぇ！」

「でも、このままじゃ……。伊鞠さんの膣内《なか》にぃ……」

「いいからぁぁ！　ご主人様は抜いちゃだめぇぇ！　お願いだから、そのままぁぁ！」

「に、妊娠とかしちゃったら……」

「いいのぉぉ！　今はメイドだからいいのぉ！　出してぇ！　無責任膣内《なか》出ししていいからぁ……っ♪　メイドおまんこには膣内じゃなきゃだめぇ！　膣内にほしいのぉ!!」

よくわからない理屈を言いながら、足を高司の腰に絡みつかせてホールドしてしまう。これでは抜くことができない。

「うあっ！　だ、だめですってばぁ！　伊鞠さん！　あっ！　出る！　くぅぅ！　出ちゃいますってば！　あっ、あぁっ！」

射精前に慌てる高司の肉棒を膣壁はがっちりと咥え込み、グニグニと激しく暴れだした。伊鞠は抱きつきながら身体を揺すり、射精を促してくる。

「それダメですってばぁぁ！　出ます！　くっ！　あっ！　くぅぅ！」

「いいのぉぉ！　出して、出してぇ！　あなたの、精液ぃぃぃぃ！　大好きなひとのぉ……精子ぃぃ！　おまんこで呑むのぉぉ！　おまんこで欲しいのぉぉ!!」

かぷっと高司の首筋に唇で噛みつき、腰を思い切り突き上げた。

「ふわあぁぁぁっ!!　くっ！　くっ！　伊鞠さんっ！　いっ、いっ、いっ……いく……いくぅ！　あっっ！　あっ!!　くぅぅぅぅぅぅっ!!」

「ふあぁぁぁぁぁぁ！　来てるぅぅ！　来てるぅぅ！　あひぅっ、ううっ、んぁ、あ、ああ……っ!?　っは、っひぉあうう……んぅうっ!!」

大量の精液が膣内に一気に流れ込み、子宮口へ叩きつけられた。その衝撃に伊鞠は何度も絶頂し、絶叫する。

「んく、っぅう、だし、ながらぁ……ぁ、ん、っふぁあ……っ！　子宮ぅぅ、入口、こじあけぇ……熱いのぉ、そそがれてるぅぅ！　あっ、い……いっ……くぅぅ!!」

亀頭が子宮口を強引に押し広げ、最奥に精液を直接浴びせかけた。

「んっ……ひぅぅ！　ひぅぅぅぅぅぅ！　ひんくぅぅぅぅぅ!!」

強烈な快感に表情は蕩けきり、だらしなく口の端からはよだれがこぼれ落ちた。

時に冷徹とさえ言われる知的な女性が、自分の手によって乱れに乱れている……。

（俺……伊鞠先生のことをすべて自分のものにした……）

そんな実感が湧き起こり、幸福感が押し寄せてきた。この美しい人が自分のモノになっているかと思うと、支配欲を自覚してしまう。

「んはぁぁ……んはぁぁぁっっ！　まだ、まだ……イッてるぅぅ！　わたひ、こんなぁ……んっく、う、っく。こんなに、イッたのぉ……はじめてぇ……っ♪」

まだビクビクと身体を震わせながら、伊鞠はしがみついてくる。

「伊鞠さん、すごくイキやすいんですね」

「ち、ちがうのぉ……。セックスで……こんなに……イッたこと……ないぃ。ご主人様が初めて……。すごい……すごすぎるぅ……」

幸せいっぱいの伊鞠だったが、高司はムラッと嫉妬心が湧いてしまう。伊鞠ほど魅力的な女性なのだから、悔しいが初めてのセックスでないのは仕方ない。仕方ないのだが、やはり悔しい……。

まだ絶頂の波に翻弄されている伊鞠の身体をしっかりと抱きしめると、高司はまた腰をゆっくりと動かしだした。

「ひゃうぅぅ!?　ま、待って……!!　私、まだ、いっ、イッてるからぁ……!!　少しだけ、休ませて……」

「もっと、もっと気持ち良くしますから。他の人とのセックスなんて忘れてください！」

「ふわぁぁぁぁっ⁉　ひゃ……うっ、んっ！　くひぃぃぃぃぃ‼」

それから数時間。伊鞠の強烈快感は途切れることがなく、セックスの間中、年下の彼によって繰り返しイキ続けることとなった。


「うぁ……ぁ……はぁ……ぁ……。はぁ……。はぁぁぁ……」

自分のベッドの上で、伊鞠はぐったりと仰向けになっていた。焦点の合わないうつろな目で、浅く胸を上下させ呼吸を繰り返す。

セックス中に何度も体位を入れ替えたせいで、お互いの体液が身体に付着し、淫らな香りで包まれている。力が抜けると、おまんこからコポッ、コポッと精液が逆流してきた。膣穴には何回、白濁液が注入されたか覚えていない。

徐々に意識が覚醒してくると、隣で同じように仰向けになっている彼の手を探り、握りしめた。

「もう……おわり……ぃ……？　満足……できた？」

少し頭を動かして高司を見る。

「はい。あの……いっぱい、膣内《なか》に出してしまって……」

「いいのぉ……」

伊鞠の指先が、唇を塞ぐ。

「おまんこじゃなきゃ……イヤだったから。まだ射精したかったら、まだまだ、いっぱいおまんこ、使っていいのよ♥　あなたの、なんだから」

ぞくりとするような色気の宿った瞳を向けられ、息が詰まる。魅入られてしまえば、何度でも肉棒を突き立ててしまいそうだ。

「きょ、今日は……。もう、終わりです！」

なんとか高司が断言すると、伊鞠は残念そうに唇を尖らせるが、すぐに笑顔になった。満足感に包まれた、穏やかな笑み。

「残念。でも、いいわ。今日はたくさんしてもらったから……。それに……」

全裸のまま身体を起こし、愛しい恋人を見下ろす伊鞠。激しい交わりに乳首はまだピンピンに勃起しており、長い髪が数本、汗と体液に塗れた身体に貼りついている。

「今日は……ってことは、またしたいってことよね？」

「……あっ。……その、ちが」

無意識に本心を口にして慌てる高司の唇に、唇が重なった。

「んっ……♥　ふふ……。いいのよ。一回しちゃったんだから。もう遠慮なんてしないで。いつでも、好きなときに私のおまんこ使って」

もう一度唇に軽くキスをして、伊鞠は麗しくも妖しい笑みを浮かべた。

「あなたの望むこと、ぜ〜んぶ……私に叶えさせて。あなたの全部……受け入れて、甘えさせてあげるから。ねぇ……楠国君。ううん、高司君……」

「え……」

「あら？　名前で呼ばれるのはいや？　じゃあ……ふふ、ご主人様？」

「その、あの……！　た、た、高司のほうで……」

蕩ける様な、甘い誘惑。高司はまた一人、離れられない女性を作ってしまった。


璃燈のデートプランは、壮絶だった。

「よしっ！　ウィンドウショッピング終わり！　さあ、映画に行くぞ！」

「あの、えと、長岡さん……もうちょっと、落ち着いて……」

「落ち着いていられるか！　お前とのデートなのに。……あっ！」

デート用にカジュアルな装いの璃燈が、彼を睨む。

「今日は……っていうか、今日から璃燈って呼べって言ったろう！　やり直し！」

「は、はい。璃燈……さん」

「さん付けいらない！　うー、もー、今はそれでいいや。映画だ、映画！」

「わっ、ちょっと⁉」

高司の手を取って走り出した。

このように璃燈のデートは分単位のスケジュールが切られていた。朝食からお喋り。の、あとはショッピングモールを散策。に、続いて映画。以後は昼食、ボーリング、その他もろもろ……と今日の予定がびっちりなのだ。

「璃燈さん詰め込みすぎですよ！」

「お前とのデートなんだからしょうがないだろ！　急ぐぞ！」

璃燈の顔は無邪気に嬉しそうで、「もうイヤだ」とはとても言えなかった。


そんな忙《せわ》しないデートの間、高司は奇妙な視線を幾度か感じることがあった。突き刺さるような、敵愾心《てきがいしん》いっぱいの視線。

（また……？）

慌てて周囲を見ても、視線の主は見つからない。璃燈を見て、ポーッとしている男性は何度も確認できたが、奇妙な視線がどこから来たのかはわからなかった。

「ナニしてんだ？　行くぞ！」

「は、はい！」

璃燈は気付いていないようで、高司の手を引いてまた走り出す。

目一杯予定が詰め込まれたスケジュールは破綻するようにできている。

「はぁ……ちくしょう……」

そろそろ夕方という時間帯。繁華街から少し離れた所にある大きめの公園の一角で、ベンチに座りながら璃燈が悔しそうに呟いた。

ボーリング場に併設されている運動系のアトラクションで遊んだ際に、体力をかなり使ってしまい以後のイベントをキャンセルするしかなかった。まだ若いとはいえ、バリバリの体育会系である高司と張り合うのは無謀だろう。

「あんなに一生懸命やらなくてよかったんですよ」

「うう……。だって……。お前とやると楽しいんだもん」

自動販売機で買ってきたペットボトルのお茶を手渡しながら言うと、璃燈は拗ねながら応じた。年上なのにこういう仕草がかわいらしくてたまらない。普段はセクハラ常習犯だが今日はそういう行為はしてこなかった。

「ごく……ごく……んっ……」

桜色の唇をペットボトルに押し当てて、真っ白な喉を見せながらお茶を飲んでいる。ただそれだけのことなのだが、妙に艶《なま》めかしい。

あの視線を警戒してさりげなく周囲を見渡すと、偶然公園に居合わせた男性たちが璃燈に見とれている。

（わかるなぁ……。璃燈さんも、すっごい美人だし……）

刺すような奇妙な視線がまた来ないか注意しながら、璃燈の横顔を見つめた。どうして自分がこんなに気に入られるのかは謎だが、佳伽も、伊鞠も、そして璃燈も、男性なら見惚れてしまう容姿とプロポーションをしている。

「おい」

いきなり高司の頬を引っ張り、軽く睨んでくる。

「いててて。なんです、いきなり？」

「いま、他の女のこと考えてたろ？　今はあたしとデート中なんだからな！」

「いってー！」

思い切り頬をつねられて声をあげる高司。そんな二人の様子は、カップルがベンチでいちゃついているようにしか見えなかった。

「ホントはお前のチンポを握ってやろうかと思ったんだけど。外だからやめてやった」

「外じゃなくてもやめてください」

真剣に答える高司を見てクスッと極上の笑みを浮かべる。

「い・や・だ」

「もう……」

「ハハハハハ♪」

そんな明るい笑い声が響いた瞬間、またあの奇妙な視線が高司の背中に突き刺さる。

（また……？）

急いで背後を振り返っても誰もいない。半球状にカットされた低木がいくつかあるが、そこを見ても誰か隠れている様子はない。

「……どうした？」

「あ……。はい……」

デートの間に何度か感じている奇妙な視線のことを、璃燈に伝えるべきか迷った。気のせいかもしれないし、こんなことでデートの雰囲気を壊したくない。

「もしかして……変な視線を感じたのか？」

「え？　なんでそれを……」

反射的に答えてしまうと、璃燈が悔しそうに唇を噛む。高司の腕を握って周囲に威嚇するように視線を飛ばすが、誰も見当たらなかった。

「なんかさ。ここ一週間くらい？　あたし……気持ち悪い奴に、見られてるんだよ」

「えっ!!」

大きな声が公園の中に響いた。

「そんなに驚くなよ。仕事の帰り道で、よく感じてさ。この前、コンビニであたしのことをジッと見てる男がいたんだよ。近付いたら逃げやがって」

それは、つまり……ストーカー？

「警察には……」

「言ったけどね。この手のトラブルって動きにくいみたいでさ。そのうちに掴まえてやろうと思ってるんだけど……」

「だ、だめですよ、そんなの！　危ない！　いくら璃燈さんが強くても……。相手が武器とか持ってたら……」

「あ……うん。ふふ、心配してくれるんだ」

「当たり前です！」

高司が断言すると、ぴくっと身体を震わせた。

「へへ……。嬉しいな……。お前が心配してくれるなんて……。でも、ほんと逃げ足が速い奴だったよ……」

ストーカーというのは、つまり変質者だ。今まで平気だったからといって、これからも無事とは限らない。

「そうだ。璃燈さん、あの、ちょっといいですか？」

「ん？　なんだ……？　って、キャッ!?」

高司が軽々と璃燈の身体を持ち上げて、自分の膝の上に横座りにさせた。腰掛けた状態でのお姫様抱っこだ。

「お、おい……。なんで、こんな……」

「こうしてれば、恋人同士に見えるんじゃないですか？　璃燈さんに恋人がいるってわかれば、諦めるかも……」

「なるほど。ふふ。いいな……恋人同士♥」

璃燈の腕が高司の首の背後に回り、強く抱きついてくる。豊満なおっぱいが胸に押しつけられ、顔も極めて近い距離にあった。

「うわっ!?　り、璃燈さん……？」

「ダメだぞ、そんな顔しちゃ。恋人同士なんだろ？　なあ……高司ぃ？」

「う……。あ、はい……」

わざと名前を呼ばれ、自分で招いた事態にどぎまぎする高司を面白そうに眺めながら、璃燈がもっと恋人同士らしい行為を決行した。

「ンッ……ちゅ……。んっ……」

「むっ!?　んっ……ん……」

唇を強く重ねたのだ。ぬるりと舌が潜り込み、高司の唾液を啜ることまでしてくる。

「じゅりゅ……んっ。ちゅ……ちゅ……んっ……ちゅ……」

「む……う……んっ……」

唇を重ねながら、璃燈の手が高司の腕を掴んだ。そして、自分の乳房へと導き触れさせる。そろそろ太陽が傾いているが、まだ明るい空の下で大胆な……。

「うあああああ‼」

二人の背後から、男の悲鳴とも怒りとも取れる声が飛んできた。慌てて唇を離し振り向くと、ヒョロッとした男が身体をブルブルと震わせて睨んでいる。

「おま、おま……お前……お前……。長岡さんに……お前……」

ヨレヨレのパーカーにジーパン姿。繁みに隠れていたらしく、頭や身体には木の葉が大量にひっついていた。どうやら、コイツがストーカーらしい。かなり興奮して身体がブルブルと震え、こめかみには青筋まで浮かんでいる。

幸い、手にはナイフのようなものは握っていないが、かなり危ない奴なことは一目見てわかる。

「ふざけるな！　ふざけるな！　ぼくの長岡さんにキスなんて！」

ここは取りあえず落ち着かせないといけない。ポケットのスマホで警察に電話……。

「はぁぁぁっ⁉　誰が、あんたのなんだよっ‼」

璃燈の行動は迅速だった。高司の膝から飛び降りたかと思うと、瞬時にストーカー男の正面に立つ。すぐさま顔を掌底で連打、怯んだところで膝の外側に何発もローキックを入れる。

「ひぐぅ⁉　ひぐっ‼　ひあっ‼　ふわっ‼」

「あたしと高司のラブラブタイムを邪魔しやがってーーー!!」

ストーカーを騙すための行為だったが、そんなコトは璃燈の頭から飛んでいた。

鳩尾《みぞおち》へと拳を重めに叩き込み、倒れてきたところへ華麗な回し蹴りを顎に炸裂させる。

「ぐはああああ!!」

公園の芝生に仰向けに倒れるストーカー男。ピクピクと痙攣し、怯えきった表情で顔を涙がぐちゃぐちゃにさせていた。

「ひーーー!　ひーーー!」

「なにが、ひーだっ!　あたしたちの邪魔した罰は、こんなもんじゃぁぁぁっ!!」

「ストップ、すとーーーーっぷ!　璃燈さん、だめ!　それ以上やったら、過剰防衛っていうか、そいつが死ぬ!」

怒りの暴走で止まらなくなっている璃燈を背後から羽交い締めにしながら、警察に電話を入れた。

「歩けなくなるように足の骨、全部ボロボロにするから放せぇ!」

「だから、ダメですってば璃燈さーーーんっ!!」

警察が車で到着するまでの十数分、高司は怒れるお姉さんを必死に宥めることになった。

やってきた警察に事情を説明し、あれやこれやと応じているうちに日はとっぷりと暮れてしまった。

「家まで送ります」

ストーカー騒ぎは収まったものの、心配になってそう申し出ると璃燈は微笑み、腕に抱きついてきた。

「ありがと」

大きな膨らみをしっかりと押しつけられるのでかなり歩きにくいが、璃燈が明るく笑っているので安心する。

「せっかくのデートなのに。変な奴に邪魔されちゃったな！　ああ、もう二、三発殴っておけばよかった」

「は……はは……」

そんなことをしたら、警察に逮捕されたのは璃燈だったかもしれない。それくらい戦力差は圧倒的に違っていた。

「璃燈さん、強いんですね。驚いた」

「あれがヒョロすぎなんだよ。ま、これの修行で師匠にいろいろ仕込まれたから。格闘術も必要だーって」

親指を立てて、なにかを押し込む仕草をした。つまりマッサージということだろう。

「師匠？　そんな人が？」

「ああ。あたし、今はタイ式マッサージ店にいるけど、他にも色々できてね」

「だから身体のこと、あんなに詳しいんだ……」

やはり見た目からは想像できない、璃燈の技術の高さに改めて驚かされてしまう。

あれこれと話しながら歩いているうちに、璃燈の住むマンションに着いた。さすがに伊鞠ほどではないが、やはり家賃はかなりしそうなタイプの。

「ここが、璃燈さんの……」

「ああ。ちょっと……上がっていけ……」

「え、でも……。女性の部屋……」

力強く引っぱられてしまう高司。抵抗しようとすると、璃燈が睨んでくる。

「まだデート続いてるんだから！　来い!!」

「でも、あの……あのぉ……」

結局、強引に部屋へと連行されてしまった……。

想像と違って、と言ったら失礼だが。璃燈の部屋はきちんと片付けられていた。

二人掛けのソファーに座ると、璃燈が早々に高司の手を両腕でギュッと包み込んだ。切迫した表情で、なぜか怯えたような目を向ける。

「今日は、色々無理させて悪かったな」

「いえ。楽しかったですよ」

それは本心だった。めちゃくちゃなスケジュールではあったが、セクハラ行為をしない璃燈と遊ぶのは思ったよりも楽しかったのだ。

「そ、そうか……。良かった。そ、それでな。疲れてるところ悪いけど。お願いがある」

璃燈の顔がズイッと迫り、ゴクンと唾を呑み込んだ。

「きょ、今日はデートの最後で絶対に決めようと思ってたことがあるんだ」

「な、なんでしょうか……」

真剣そのもので訴える璃燈。高司は緊張しながら見つめ返す。

「あたしの処女を……もらってくれ。お前に、捧げたいんだ！」

わずかに頬を染めて、高司に大胆なお願いを口にした。予想もしていなかった言葉に、ポカンとしてしまう。そして、それがいつもの「からかい」だと気がついた。

いつもセクハラを狙っていて、エロトークは隙あらばしてくる。男根の扱いにも慣れていて、あの手や足に射精させられたこともあった。そんな彼女が処女なんて……。

「またそれですか……。もう、いい加減にしてください。璃燈さんが処女、と、か……」

もう騙されないと、軽く強めの口調で言い掛けたが、璃燈の真剣な表情は変わらない。ただジッと、一心に高司を見つめてくるのでそれ以上はなにも言えなかった。

そして数分。

「お前にもらって欲しいんだ。ずっと、ずっと……ガマンしてきたけど」

璃燈の手に力が籠もった。

「お前の身体をマッサージして……ううん、お前のことを思い出すと、切なくて、苦しくて……。でも、あたしはバカだから、からかうことしかできなくて！」

押し隠していた言葉が次から次へと溢れてくるようだった。

「お前の名前を呼んで何回もオナニーしたんだ。でも、でも、全然収まらなくて。今日のデートが決まったとき、もう限界だって悟った……」

熱っぽさに瞳が潤み、唇が震えている。

「お前が欲しい……。もうお前に抱かれないと、どうにかなっちまいそうなんだ！　頼む、あたしを抱いてくれ！」

考えてもいなかった真剣で淫靡な訴えに、高司はオロオロしてしまう。佳伽、伊鞠と経験したとはいえ、女性の扱いに慣れているわけではない。それに、またなし崩し的にセックスをしていいのかという迷いもあった。

「ああ、いい！　答えなくても！　でも、あたしはもう限界なんだ！　悪いけど、絶対に断れねぇように、力尽くでいかせてもらう！」

「は、はいっ⁉」

「あたしの渾身の奉仕でお前をその気にさせてやるよ‼」

「えーー⁉」

途中まで殊勝で儚《はかな》げな雰囲気だったが、最後はやはり璃燈だった……。

「ん……んぁああ、あっ、ちゅうぅ……。んっ……」

「う、わ……璃燈さん……。そ、そんなところ……は……」

信じられない手早さで高司は全裸に剥かれてしまい、璃燈もパンツだけになった。

高司はまだオロオロしていたが、肩と膝の裏をトンッと叩かれたかと思うと、自然と四つん這いになっていた。人体構造を理解しきった達人だからできる技。

そして、璃燈は高司のアヌスを舐めながら、肉棒を両手で扱き始めたのだ。

「りゅろぉ……んちゅるるっ、ぴちゃ、れろぉ、ぢゅる……」

肉棒の扱き方は、かなり屈辱的だった。四つん這いなので腹に反り返ろうとする肉棒を強引に自分のほうへ引き寄せて、まるで牛の乳搾りのように肉竿をシュッ、シュッと擦ってくる。

その間も舌先が肛門を責め立ててくるので、恥ずかしさと快感に高司は呻いてしまう。

「んぁ……ふふ♪　気持ちいい、ってお前の尻穴がヒクヒク喜んでるぞ♥」

細い指が肉棒をシゴき、アヌスをかき混ぜる舌先がねっとりゆっくり動き、感じる場所を責め立てる。

「はあ、はあ、あ……ん、いいぜ。お前が気持ちいいとこ、いっぱいイジッてやるから、遠慮なく言うんだぞ。お前になら、なんでもしてやるから……くちゅ……ちゅ……」

ねっとりと丁寧に、しかし、もどかしさすら感じる奉仕に、肉棒は喜ぶように脈打ち、早くも先端からカウパーが溢れ始める。

「ふは……。出てきたな……じゅりゅ……んっ……ちゅ……んっ……」

指先でそれをすくい取って肉棒にまぶし、くちゅくちゅ音を立てながら扱き続けた。マッサージャーだけあって手の使い方は実に巧みで、高司は思わず声を漏らしてしまう。

「……う、うぁ」

潤滑油が加わったことで、じんわり広がっていく抗いがたい強い快感。体の奥底からじわじわ浸食していき、「こんなのしちゃダメだ」という高司の気持ちを萎えさせていく。

「ああ、ヤバっ。今の声、子宮にクる♪　ん……ちゅうぅ、ちゅぱ……ん、ふぅうっ、ふーっ。もっと声出していいんだぞ。もっとエロい顔、あたしに見せてくれ……」

高司の声に身体が熱くなった璃燈は、より深くアヌスを穿《ほじ》り回して未知の快感に戸惑う反応を見ている。一方、手コキはあくまでもスロー。じんわりと響く快感が続くのもまた初めてだった。

「そのまま、身をゆだねればいいんだよ。ほら……こっち、ちゅうぅ……ん、ほじくられて気持ちいいよな。ぴちゃ……んっ……」

激しいアナル責めと、ねっとりとした手コキのハーモニーは徐々に高司の判断力を奪い、深い快楽の沼へと引きずり込んでいく。

「ん、うっ！　うあっ!!」

「はぁ……。またいい声が出たね。ふふ、ちゅ……んっ……れろっ。ほら、もうガマンできなくなってきただろ？　ちゅ……だったら……れろっ……んっ……」

肛門の中に舌を捻じ込み、腸壁をたっぷりと舐めてくる。初めて浴びる刺激に、高司は声が漏れ続けた。

「ほら……。ほら……。もう挿れたくなってきただろう？　ほら、あたしを襲え。強引に押し倒して、びちゃ……んっ……んっ……処女膜ぶち破っていいんだぞ」

薄れ始める羞恥とゆるやかに続く快感、聞こえる呟き声に思考がふらつく。あれだけ自分をイジり倒してきた璃燈が、どうして襲えなどと言うのか？

「なに、我慢してんだ。本当は、ちんぽ突き込んであたしの膣内《なか》と子宮を堕としたいんだろ？　ほら、これ……ズボズボはめていいんだぞ……」

高司をさらに挑発しながら、肉棒を絶妙な力加減で扱く。決して射精に至ることはできない、なのに快感だけが高まる強さ。

「パンパンに膨らんでるぞ？　ああ……すっご……ちんぽ、びくびくしてる……」

意図が読めず、困惑ばかりが広がっていく。挑発に乗るのは良くないと思いながらも、凶暴な性欲の塊が璃燈の責めによって生成されていった。

「ほら……。あたしの、おまんこ、準備できてるんだから……。ぶち込めよ」

「ふ……あっ、あぁぁ……」

イキたくてもイケない、出したくても出せないもどかしさに、高司の思考力はどんどん弱まっていく。

「う、うう……り、璃燈さん……」

「なんだよ。かわいい、声だして？　ふふ……苦しいんだ？　出したいのか？」

何度も頷く高司を楽しそうに眺めながら、璃燈の手は肉幹をギュッと掴む。

「だーめ。お前が射精していいのは、あたしの膣内《なか》だけだよ」

悪魔的な囁きに、もう高司の理性は耐えられなかった。

「あ、あぁ……。璃燈さん……。もう……。ガマン……できないです……くぅ」

「えぇ？　よく聞こえない。もっとちゃんと言って！」

「くっ……あっ。だ、出したい……。射精、したいです……。ふ、わ……あ……」

暴力的にびくんびくんと震える肉棒の脈動を感じて、璃燈の身体がゾクゾクと震えた。

「あ、あぁぁ……。ついにか。やっとあたしのおまんこ、欲しくなったな？　このちんぽで、処女膜破る決心ついたんだな？」

「う……あ……は、はい……。はぁ……はぁ……」

もう苦しくて射精したいとしか考えられなくなっていた。それが許される方法は唯一、璃燈とのセックス。

璃燈は淫らな笑みを浮かべると、高司への奉仕を止めてベッドの上に横たわった。

そして左足を持ち上げて、股間を見せつける。たっぷりと淫蜜を吸った赤いパンツがぺったりと割れ目に張りつき、おまんこの形状を浮かび上がらせている、その部分。

指でパンツのクロッチをつまみ上げて、横にずらす。たちまち溢れる牝が男を求める強烈な匂い。そして、完全に開き切っている淫裂。

「ほら、お前だけのおまんこだぞ♪　ぐちょぐちょなの見えるか？　早く処女奪って、あたしをお前だけの女にしてくれ♪」

　見せつけられる、とろとろになった秘部と、そこに誘おうとする淫靡で甘い声。

　もう、自分を抑えることが高司はできなかった。

「り、璃燈さんっっっっ!!」

　乱暴に璃燈に抱きつくと、膣穴に肉棒を押し当てた。

　そして、迷うことなく一気に剛直を突き挿れる。

「ん……くぅぅううっ!!　ふっ!!　う、あ……っ!!」

くぅぅぅ!!」

　プチッという音が響き、鮮血が溢れた。それでも肉棒の勢いは止まらず、亀頭が奥まで入っていく。

「ふ、あっっっ……くっ！　ふあぁぁぁっっ!!　あっ、あぁぁっ!!　お、お前が、あたしの処女膜を……あっ、くはぁぁぁぁっ!!」

　このままめちゃくちゃに腰を動かして、射精を……と、思った高司だったが、痛みと苦しみに表情を歪ませる璃燈に驚き、動きを止めてしまう。

「ば、かぁ……。なんで、

動くのやめるんだよ。くぅ、ほ、らぁ……あたしのことは気にせず好きなように動け」

痛みがあるというのに、膣壁が肉棒を締めつけて新たな快感を与えてきた。

「ほら、早く。あたしのおまんこを、お前なしじゃいられないように躾けてくれ」

淫猥な願いと快感に、高司は再び腰を動かしだした。初めて男根を受け止めた膣穴はキツキツで、ぐちょ濡れではあっても出し入れにかなり苦労する。もちろん、そのぶん、気持ち良さも強烈だった。

「ふあっ、くぅぅ！　好きに、う、動いてぇっ！　くっ、くぅぅ！　はぁぁぁ！　入ってるぅぅ！　お前のちんぽが入ってるぅぅぅぅ‼」

苦しみの表情が徐々に和らぎ、璃燈は喜びの声をあげた。自分のお腹を押さえて、幸せそうな表情も浮かべた。

「はぁ、はぁ！　動いてるぅぅ！　ちんぽ、もっと！　もっとぉぉ！　あ、あぁ、本当に……本当に入ってるんだっ！　あっ……くっ！　んっ、くぅぅぅ‼」

まだまだ痛みが続いていて時に悲鳴のような声を漏らすが、もう高司の腰は止めることができない。

「あっ、あぁぁぁ！　もっとぉぉ！　はぁ、はぁ！　奥ぅ、来てるぅ！　あ、すごく、ぁたし、貫かれてるぅ！　くっ！　うっ！　くぅぅっ‼」

「ふあっ、あっ……！　あ、もう……出そう……」

挿入前からギリギリまで射精をガマンさせられていたのだ。キツすぎる膣穴に射精感が再び高まり、爆発寸前になっていた。

「いいぞ！　出せ！　そのまま、おまんこに精子出せっ‼」

「くっ……あっ……でも‼　ふっ‼　くぅぅ‼」

膣内《なか》出しの危険性を感じながらも、やはりもう止まらない。深い部分まで肉棒を挿れた瞬間、高司は絶頂に達してしまった。

「ふあぁぁぁぁぁぁぁっっっ‼　で、出るっ！　くっ、くぅ、くぅぅぅぅ‼」

璃燈の膣内を満たすように大量に射出される精液。びくんっ、びくんっと脈動しながら射精されるのを感じて、璃燈は喜びに絶叫した。

「ん……んぁぁあっ‼　な、かぁ……！　あぁぁあぁあっ‼　で、てるぅうぅっ♥　すごくビクビクして‼　膣内《なか》出しされてるぅぅぅ‼」

溜まりに溜まった精液は勢いを落とさず、膣内に充満していった。熱い牡汁で膣が満たされる初めての喜びに璃燈は恍惚とした表情を浮かべ、うっとりと高司を見つめた。

「はぁ……はぁ……。これが膣内《なか》出し……。あっ、あぁ……。ちんぽ、すごい……。まだ硬いっ……はぁ……あっ……」

大量射精で落ち着くかと思った高司の性欲は、逆に高まってしまった。中途半端に扱かれ、アナルを責められた効果はそれだけ強かったのだ。

「り、璃燈さん！　俺、もっと！　もっと出したい!!」

そう宣言して高司は早くも激しく動きだし、パンッ！　パンッ！　と大きな音を鳴らしながら、璃燈に腰を打ちつけた。

「あっ、あぁっ！　い、いいぜ……。出せよ♪　初めてで、孕んじゃうくらいぃぃ……パンパンに、ちんぽミルク、あたしのおまんこに注ぎ込めよぉ!!」

許可が出てしまったならば、もう高司を抑制するものはなにもない。

「あ、あっっ！　あたし、今……高司に、おまんこ責め立てられてるんだ♥　それだけで、イキそうになるぅ♪」

大量の蜜汁と中に出された精液が潤滑油となったおかげで、締めつけはキツいものの肉棒がスムーズに出し入れできる。そのため、最初の射精では行き着かなかった、より深い部分に徐々に近付いていける。

「あ、あんぅ！　こ、れ……これ、ヤバイ！　やばいぃぃぃ!!　来てるぅっ！　硬いの、どんどん、奥までぇぇ！　あっ！　ふあっ！　ふぁぁっっ!!」

少しずつ、少しずつ、奥へと進んでいく肉棒。そして、ついに……。

「んあぁぁぁぁぁぁっっ!!　あっ!!　あっ!!　ふあぁぁっっ!!」

軽くイッてしまったのか、璃燈は身体をのけ反らせた。だが、高司の責めは止まらず、最深部を亀頭が何度も何度もノックする。コツッ、コツッと叩かれて、璃燈は息を半《なか》ば止めて悲鳴をあげた。

「んっっ……くぅぅぅぅ！ あっ、くぅっっ！ んっ、くぅぅぅ⁉ そこ、がぁ、し、子宮っ⁉ 子宮に当たると、こんなに……こんなにぃぃぃぃ‼」

ビクビクッ、ビクビクッと痙攣する璃燈の身体を押さえ込み、情け容赦なく高司は腰を振り続けた。

「はふあぁぁあっ！ あぁあ、んぁあっ！ 奥まで、くるぅ‼ もっと！ 突けぇ！ もっとバンバン突いてぇ！ おまんこ、お前好みに躾けろぉぉぉ！」

すでに破瓜の痛みは完全に消失し、ただただ快感だけが璃燈を襲い続ける。

「あ、あぁぁああっ！ 最高ぉぉ！ これいい！ ちんぽぉ、いい！ 高司ちんぽ、硬くてぇ！ 当たるぅぅ！ すごいとこ、当たるぅぅぅ！」

どんどん璃燈の表情が蕩け、甘い声で快感を訴え続けた。膣内のうねりも大きくなり、肉壁がぐにょぐにょと動いて肉棒全体を扱いてくるかのようだった。

「あっ！ あぁっ、おまんこがぁ、おまんこ、お前のちんぽの形になってくぅぅ！ はぁ、はぁ、子宮を叩かれるたびに、あたしが、お前のものになってくの……わかる♥」

快感に蕩けた目で高司を見つめ、愛しい視線を送った。

「もう、絶対に放さねぇ♪ 絶対に離れないっ♪ あっ、あぁっ！ もっと、もっとぉ、ズボズボしろぉぉ‼ あたしのおまんこ、高司専用だからなぁぁぁ‼」

膣内の反応はどんどん良くなり締めつけも強くなってきた。腰を引くと肉棒を放さないとでも言うように、ねっとり肉壁が絡みつき、引っかかってくる。

このすべてが自分のモノだと言われて、高司は昂奮に拍車がかかった。目の前で揺れる巨大な乳房。いつも、このおっぱいに翻弄されているが、今、この瞬間は……。

「ひゃぁあっ！　あ、あぁっ！　胸もぉぉ⁉　ひうぅっ‼　あ、ぁあ！　いいぜっ！　もっと、もっと強く握って！　おっぱいだって自由に使っていいんだからなぁぁ！」

乳房を握りつぶすような勢いで鷲掴んだ左手。乳首を手のひらで擦りながら、かなり乱暴に揉みしだいた。それが璃燈の快感を倍増させ、喜びに満ちた悲鳴があがる。

「はひぃぃいぃい！　乳首ぃいっ！　いっ、乳首ぃぃ！　自分で触るのと、ぜんぜん違うぅぅ！　ふあっ！　もっと揉んでぇ！　もっと突いてくれよぉぉ！」

処女を失ったばかりだというのに璃燈は激しい責めをねだり、身体をくねらせた。性欲が暴走している高司はその願いを叶えるべく、肉槍の根元まで膣穴に叩きつける。

「んあぁぁっ！　ふあっ！　子宮くるっ！　すげー来るよぉっ‼　もぉ、子宮の中にちんぽ挿れちまえよぉぉ！　あっ、もっと、もっと、あたしを蹂躙しろぉぉぉ‼」

やはり強引にめちゃくちゃにされたい願望があるらしい璃燈の願い。高司は普段のおとなしい自分を捨て去り、膣穴を肉棒で力任せに抉り、擦り、突き挿れた。出し入れのストロークも大きくなり、子宮を叩いたかと思うと、膣穴の入り口をカリ首が責める。

「それ好き……っ！ 好きだから、もっとぉ！ お……おぉあっ！ あ、あぁああっ、好きぃぃい!! すごいぃぃいぃ!!」

「くっ！ くぅぅ！ 璃燈さんっ!!」

大胆な動きをすれば、それだけ亀頭が擦られて強烈な快感が浴びせられてしまう。当然、射精もすぐに近付いてくるのだが、今日の高司は耐えるつもりはなかった。

「くっ！ くぅぅ！ 璃燈さん！ 出ますよ！ また出しますよ!!」

「うん！ うん！ 出せっ！ ちんぽミルク、全部だせぇ！ 子宮にぶち込んで、あたしを、あたしを孕ませろぉぉぉぉ！ んっ、くひぃぃいいぃっっっ!!」

「くぅぅぅぅ!!」

再び大量の精液が注ぎ込まれ、一気に押し上げられて歓喜にうち震えながら、璃燈は二度目

の膣内《なか》出し絶頂に達した。

「んあぁぁぁあっ！　イクっ！　イクっ！　膣内《なか》出しちんぽでっ！　いっ、いっ、いっ、あっ……っ!!　いっ……くぅぅぅぅぅ!!」

射精の爆発は何度も繰り返され、そのたびに子宮が叩かれて璃燈は絶頂に至った。

「はぁ……。はぁ……。はぁ……。すごい……。まだ出てる……まだ……いっぱい……」

二度目の射精だというのにその量は極めて多く、二人の接合部から淫蜜と白濁液、それに破瓜の鮮血が混じった淫猥な液が溢れてきた。

股から漏れる鮮血に、高司は自分が璃燈の処女を奪ったのだと確信する。しかも、罪悪感など感じず、彼女を自分のものにしたという充足感、満足感が圧倒的だった。

「あっ……あぁ……。おまんこと子宮が……お前に、躾け、されてる♪　ふぅ、んんっ……これで、完全に、お前のものに、なっちゃったぁ……あっ……あっ」

まだ小さな絶頂に身体をピクピクとさせている。強い快感に頬が紅潮し、乳首も昂奮して赤味が強くなっていた。そして肉壁は、もっと欲しいとばかりにグニグニと蠢いている。

「璃燈さん……。もっと出したい……」

「バカ……。あたしに断る必要なんてないんだよ。このおまんこは、お前だけのオナホおまんこなんだから。はぁ、はぁ……躾けてくれ。もっと、おまんこ躾けてくれよぉ」

再び高司の腰が激しく動き、肉槍が何度も突き入れられることとなった……。

結局、一度も抜かれることのないまま、計五回の膣内射精が行われた。

「はぁ……はぁ……。はぁ……。はぁ……。あ……あっ……ふあぁ……」

イキ疲れてぐったりと横たわる璃燈。そして高司もさすがに体力がゼロに近くなり、その隣でぐったりとなってしまった。肉棒を抜くと、驚くほど大量の白濁汁が逆流して璃燈の内ももを濡らしてしまう。

「いっぱい……出したな……。んふふ……」

かなりぐったりしていたにも関わらず、隣に寝ている高司の腕に抱きついて満足し切った笑みを浮かべた。

「とうとう、お前に、処女を奪ってもらったぞ。これで……うふふ……」

「これで？」

「あたし、お前のカノジョだな。ん？　婚約者でもいいかな♥」

額に汗を浮かべたまま、そんなことを言い始めた。

「私が自分で勝手に挿れたんじゃなくて、お前がぶち込んだんだからな♪　責任とってもらうぞー♪」

やたらと「挿れろ、挿れろ」と煽ったのは、これが狙いだったようだ。

「あたしがカノジョになったんだから、従姉や院長に世話させないからな。くくく、あのた。

「二人だって、まさかセックスまではさせないだろ？」

無邪気に尋ねられて、思わず高司は視線を逸らしてしまった。……それが、いけなかった。

「……おい。……お前」

ぐったりとしていた璃燈が、ゆっくりと上半身を起こした。

「まさか……もう……あの二人と……セックス……した……のか……？」

高司は寝たふりをしようとしたが、通じるはずもない。今度は彼の身体に乗り、胸に大きな乳房を押しつけてくる。

「え、えーと……ぉ」

なんとかごまかそうとしても、年上の女性をごまかすのは不可能だった。

「そ、その顔は！　したんだな！　佳伽とも！　雨宮院長とも！　う、うう……。はっ！まさか、あの二人のおまんこにも、膣内《なか》出し……した……のか？」

顔を近づけて詰問されれば、否定できない。仕方なく頷いた。

「うあああああ！　あたしが一番遅かったのかー！　ああ、やっぱり、初めて会った日に襲っておけば良かったンだぁ！　あーーーもーーー!!」

ぽかぽかと高司の厚い胸板を叩きながら璃燈は悔しがった。そして、右手を肉棒に伸ばして、彼を睨みつける。

「うう……。じゃあ、もっとするぞ！」

「ええ⁉ いや、もう……俺、出し過ぎて……」

「だめだ‼ あの二人に勝つには、孕むしかないんだ！ あたしが確実に孕むまで、やりまくるからな‼」

ついさっきまで処女だったのに。璃燈は巧みな手付きで肉棒を擦り始めた。もう十分に射精し、満足しているので勃起することはない。そのはずだったが、高司が驚くほどの勢いで硬さを増し、ピンッと尖っていく。

「え⁉ まだ……勃起する、なんて……」

「マッサージ師ナメるんじゃない！ こんなのあたしの手にかかれば……くくく」

邪悪な笑みを浮かべながら璃燈は膝立ちになると、右手で肉棒を押さえながら自分の穴へと挿し込んでいった。

「んっ……くぅぅ！ 覚悟しろよぉ……。絶対に孕ませろよな‼」

「ふあああ！ もう勘弁してくださぃぃぃぃ‼」

第三章　姉たちの饗宴

　駅前のショッピングモールには、大きなスポーツショップがテナントとして入っていた。平日の夕方で店内はそれなりに混んでいる。お目当ては、器械体操競技用の道具ではない。だいたい、あの手の装備は専門性の高い店でないと無理だ。

　高司が買いに来たのは、タオル。部で支給されるタオルはもちろんあるのだが、それ以外のものが欲しいのだ。といって、特別に変わったものではない。支給されるタオルと比べてもさほど違いはない。

　だが、緊張する場面でそれを使うと不思議と落ち着くため、愛用している。大手ブランドの定番アイテムなので廃盤になる心配も今のところない。

「あった、あった」

　お目当てのタオルを手にし、ついでに新作のジャージやトレーニング用シューズなどを見てから、会計して店を出た。

「はぁ……。なんか久々にゆっくりしてるな」

夕飯時前なので、まだ席がガラガラのフードコートの一角に座り、アイスコーヒーをまったりと飲みながら一休みする。

佳伽との初体験以後、立て続けに伊鞠、璃燈とセックスを経験してしまった。その気持ち良さは手コキやフェラとはまた違うものがあり、どれだけ「マズい！」と思っても、健康的男子はどうしても流されてしまう。

年上女性たちも快感に目覚めて、毎日のように挿入をねだってくるかと警戒した。だが、高司が目指している世界を理解しているので、自重してくれているようだ。

さらに、三人とも急激に忙しくなっていた。

佳伽は大規模なシステム改編があり、その会議で連日残業が続いている。泣きながら「抱きしめてー！」と高司の部屋に入ってきたことが何度かあるが、言われたとおり抱きしめている間に眠ってしまった。

セックスを覚えたての璃燈からは二度ほど襲われてまた膣内《なか》出ししたものの、今はこの町にいない。彼女のマッサージ技術の高さをアーユス・ラクシュミーの運営組織が知り、あちこち講習に行かされている。高司のボディーケアのために帰ってきても、それが終わるとすぐに旅立つという状況だ。

そして伊鞠は。悲惨ともいえる状況にある。マスコミで伊鞠の高い技術が紹介され、その日から予約が殺到しているのだ。医院自体、もともと予約を取るのが難しいのに、さらに増えたのだ。

結局診療時間を延長し、多くの患者を受け入れている。その体制変更もあって、伊鞠は殺人的スケジュール下にあった。高司の歯のメンテは今でも伊鞠が頑《かたく》なに受け持っているが、施術後にエッチな行為を……という余裕はなくなってしまった。

三人とは「ＬＥＡＤ ｔｏ」でやり取りしているものの、ここ数日は愚痴（主に璃燈）と泣き言（主に佳伽）が繰り返されている。

（ちょっと、惜しいけど……）

信じられないほど気持ち良かったセックスシーンを思い出して股間が疼く。あれだけ魅力的な女性たちとのセックスを経験してしまったのだ。そう思ってしまうのも無理はない。

（あ……あぁ……。高司君……）

彼女たちのことを考えていたせいか、高司に伊鞠の幻聴が聞こえてきた。

（いた……いたわ……。ウソ……。まさか……ここで会える……なんて）

ややビブラートの効いた、震えているような声。いつも堂々としている伊鞠がこんな声を出すはずがない。

（なんで俺は、こんな幻聴を？　溜まってるからか？）

あんな経験をしてしまっては自慰がしにくい。今度はちゃんと避妊具をつけて、また誰かとセックスを……。

（あ、バカ……。だから、それがマズいんだって……でも）

女性との行為を覚えたての青年らしく、高司は頭を軽く掻いた。まだ伊鞠は診療時間なので、彼女が近くにいるはずがない。

「高司君っっっっっっっっっ‼」

「ふあいっ⁉」

幻聴がリアルに聞こえた。次の瞬間、柔らかい身体が高司の身体を包み込む。

「あふぅぅぅ！　本物の、ホンモノのぉ、高司君だわっ‼」

「え⁉　あっ‼　え……⁉　い、い、伊鞠さん……⁉」

「ええ。伊鞠よ。こんなところで会うなんて……運命ね。運命だわ♥」

雨宮歯科医院は、このショッピングモールと同じビルに入っている。だから、伊鞠が興奮するほど劇的ではないのだが……。

突然伊鞠が出現したことに驚いている高司の膝の上に伊鞠は横座りし、彼の身体に甘えるように抱きついた。

「はぁ～……落ち着く……疲れが抜けてく感じ……」

久々に至近距離で見る伊鞠の顔。いつもどおり美しいが、疲れが滲んでいた。白衣ではなく、スカート姿の普段着なのだがわずかに歯科医院の匂いが漂ってくる。それだけ院内に籠もりきりなのだろう。

「珍しく患者さんに二件キャンセルが出たの。だから一時間だけ休憩できたのよ」

それはかなり珍しい。当たった宝くじを自ら放棄するようなものだ。

「車を出してあなたのお家に行こうと思っていたのに。ここで会えるなんて嬉しい……」

お尻をくねくねと動かし、乳房を押しつけてくる。そんなことをされれば、溜まり気味のそこはムクムクと元気に応じてしまう。

「はぁ……。硬くなってる……。ねえ……高司君？　ＬＥＡＤ ｔｏでも書いたけど。私ね、すっごい疲れてるの……」

「そうみたいですね。スタッフさんたちも忙しそうでしたし……」

「うん。だから……私のストレスケア、しっかり付き合ってもらうわ」

「え？」


連れ込まれたのはラブホテル。ではなく、フードコートの片隅だった。背の高い観葉植物が並んでいて、外からも見えず完全に死角になっている。

「ね？　ここなら大丈夫よ。ほら、早く……」

こんなチャンス（？）が訪れたときのために、前々から調べておいたらしい。確かに観葉植物の間から見える客たちは、こちらに気付かない。とはいえ……。

「で、でも……。さすがに……。えっ⁉」

いきなり伊鞠が上着の襟元をおろして、大きな乳房を露出させた。こんなところを見つかればとてつもなく危険だというのに。

「見て……。ほら……。私の乳首……。あなたと会えただけで、こんなに硬くなってるんだから……。はぁ……はぁ……」

ナマ乳を正面から押しつけて、ズボンの上から肉棒を掴む。やや切迫したした声で囁きながら、乳首を擦りつけてきた。

「ここで、するのよ。ねぇ、わかってる？ 私がこの間あなたのおちんちん挿れてもらってから……どれだけ体が疼くようになっていたのか」

熱い吐息が耳にかかり、肉棒を揉まれてそこは過敏に反応していた。

「はぁ……はぁ……我慢しなきゃ、って思っても、あのときのこと思い出すだけでお腹の奥がキュンってして。治療中におまんこからお汁溢れてきちゃうこともあったのよ？」

高司のズボンのチャックを降ろすと、パンツの中に手を突っ込み勃起し始めているそれを強引に扱《しご》きだした。

「あっ……か、硬いっ……。自分で何度慰めても、この疼きを解消できなかったのよ……。これ……これが欲しいの。おちんちん……ここで、ここで……挿れて……」

肉棒を引っ張り出すと、伊鞠は自分でスカートをたくしあげて壁に手をつき、お尻を突き出して尻肉で肉棒を扱き始めた。

「ほらぁ……観念して、私を癒して。私、すごく苦しいんだから……。ね？　ストレスすごいの。あなたのこれで……ぜーんぶ蕩けさせて？」

自分のパンツを引っ張り、横にずらして肉穴を見せつけた。そこはもうパックリと割れていて、淫蜜が満ちている。

（いつも、伊鞠さんには助けてもらってるから……）

ストレスケアを言い訳にして、高司は背後から抱きついた。

「はふ……。あっ……」

肉槍を膣穴に宛がって、その濡れ具合を確かめる。

「うわ……伊鞠さん……。もう、びっちょりですよ……」

「そうよ。あなたと会ったときから、もう濡れて。たまらないんだから……」

亀頭で膣穴の周囲を撫でていると、切なげに伊鞠が言う。

「うう……。もう、焦らすのはだめよぉ……。早くぅ……。あなた専用おまんこ、準備できちゃってるから……召し上がれ♪」

甘い甘い、極上に甘い声で誘われて、高司もたまらなくなった。こんなところでセックスするのはかなり危ない。誰かに見られたら……。だが、もう、今の伊鞠に説得など不可能であり、高司もまた止めるつもりはなかった。

肉槍の先端を伊鞠の入り口に当てると、一気に捻じ込んでしまう。

「ひゃ、ぁあ、んひぁあぁ……っ!? い、一気に……奥……までぇ!?」

肉棒が入ると膣壁が瞬時に柔らかく絡みつき、吸いついてきた。そんな締めつけを気にせず、肉棒は最深部まで突進し、子宮口を叩く。

「くっ……ひっ！　んっ……はっ、はぁぁ……あっ、あぁぁぁっ！　んむぅぅ!!」

声が大きくなりかけて、伊鞠は自分で口を塞いだ。

「むふ……。んっ……。これぇ……これが、欲しかったのぉ……。ああ、すごい……。すごく満たされてるぅ……。は……あっっ、突いて……もっと……いっぱいぃ……」

「くっぅ……。伊鞠さんの、ここ……めちゃくちゃ……熱い……」

「ええ、そうよ。あなたのせいなんだからぁ……。おちんちん、いつでも、欲しくてぇ……。ストレス溜まっちゃうし。んっ……くぅ、だからぁ、ずぼずぼもっとしてぇ♥」

甘えるように尻を振り、肉棒を扱いてくる。その動きに合わせて、高司は力いっぱい腰を動かした。

「んっ！　くぅぅ！　んっ！　はぁぁ！　いっ、いぃいっ！　硬いのぉ……硬くて、出っ張ってるのが……膣内《なか》で……引っかかって……あっ、あっ、あぁぁぁぁっ!!」

「い、伊鞠さん。声！　声！」

喘ぎ声がまた高くなり、高司は慌てて腰の動きを止める。と、恨めしそうに、泣きそうな顔で伊鞠が振り返った。

「だってぇ……しょうがないじゃない。大好きなあなたに、ようやくおまんこいっぱい気持ち良くしてもらって……。声……出ちゃうわよぉぉ……」

自分で腰をくねらせ、肉棒をおまんこで貪欲にしゃぶってくる。想像以上に伊鞠は飢えていて、眩しいほどに美しい身体を淫靡に染め抜いていた。

「はぁ……はぁ……。ねぇ……動いて。誰かに聞かれちゃっても……いいわ。もう……。見られても……」

「え？　それは、いやです」

高司は反射的に否定した。

「伊鞠さんのエッチな姿、他の奴に見せるなんて……絶対にイヤです」

それは、高司も気がついていなかった独占欲の発露だった。突然の告白に伊鞠は嬉しそうに微笑みながら、ちょっとだけ威圧的な声をあげた。

「ふぅ～ん……。見られたくないの？　じゃあ、『伊鞠さん、大好き』って言ってくれたら、ガマンしてあげようかしら」

「え……!?」

驚く様子を見ながら、意地の悪い笑みを浮かべて伊鞠は腰を前後に動かし始めた。肉穴でしっかりと勃起チンポをしゃぶり、カリ首を無数の肉襞が襲ってくる。

「あっ、あっ！　やっぱり……気持ちいい！　大声でちゃううぅ♪」

このままでは、本当に聞かれてしまうだろう。伊鞠のことは嫌いではないし、むしろ……。
だが、改めて口にするのは。そう考えている間にも、艶《なま》めかしく蠢く大きな尻が、肉棒を
咥え込みグチョグチョと淫靡《いんび》な音をあげている。

「んっふぅ！　あっ！　ふあっ！　言ってくれないの？　ねえ？　あっ、もう、声……出ちゃう……。うぅ……!!」

「は……うぅ！　だ、だ、大好きです！　伊鞠さん！　大好きですから！」

「ひゃうううっ!!　ひぅぁ……ぁ、んふ、っぅ、っく、っふぅ……！」

高司が耳元で唱えた瞬間、ビクビクッと伊鞠の全身が震える。

「ひ……あっ。い……いっ……ちゃった……っ。あ、あぁ……。あは、高司君に好きって言ってもらえて……う……嬉しい！　あっ、あはぁ……。私もぉ、大好きぃ……」

肉棒とおまんこが繋がっている状態なのに、ラブコメのような会話をしていた。高司の胸はドキドキと高まり、もっと動きたくなってくる。

「もっと言って。もっとぉ。好きって言いながらぁ突いて。私ね、お仕事、いっぱい、がんばったからぁ……ガマンもしたのぉ。だからぁ、ご褒美ちょうだいぃ～」

表情は完全に蕩けきり、艶やかで無防備な姿だった。観葉植物の向こう側には人がちらちらと見える。見つかるかもしれない。だが……高司は思い切り腰を突き上げていた。

「っは、んひぅっ、んんぅうーーーっ♪　いっ、はぁぁっ！　あっ、あぁっ！」

「くっ！　くぅぅ！　伊鞠さん、好きです！　とってもぉ……んっ!!　んっ!!」

背後から伊鞠の柔らかい身体を持ち上げるように抱きしめ、乳房を思い切り掴んだ。そのまま肉棒を激しく叩きつける。

「んひぉぉ！　んふぉぉぉ！　しゅご……いぃ！　おちんちん、入ってるぅぅ！　おまんこぉ、いっぱいっ!!　あっ……ふああ！　好きぃぃ！　わた、ひ、もぉぉ……！」

気持ち良すぎて声が声にならず、半《なか》ばイキ続けながら伊鞠は息を漏らした。

「はぁ、あぁぁ……好きぃ……好きぃ……高司君ぅぅ……愛してりゅ……あっ！　はぁっ！　んっ！　くひぃ！　くひぃぃ……んっ！　あぁぁっっ！」

「ふあ……伊鞠さん……。好きですよ……俺もぉぉ！　くっ！　くっ！」

膣穴全体がグニョッ、グニョッと激しく形を変えながら肉棒全体を締めつけてくる。だが、そんな締めつけの中を鍛え抜かれた筋力で肉槍を貫き通し、引き抜かれる際は最大限に広がったカリ首が肉襞を一枚一枚めくり上げていく。

「あんひぃぃ！　ふあっ……いっ……イク……高司君……いっちゃ……うぅ。もう、だめ……イク……いく……いっ……あっ……」

「く、くぅ……。お、俺も……。もう……」

伊鞠の膣穴は記憶よりも遥かに気持ち良かった。思わずそのまま出しそうになるが、また生で挿れていたことに今さら気がついた。身体にかけるのもマズいが、中に出すのはさらにマズい。射精直前なのに、腰の動きを止めてしまった。

「だめぇ……止めちゃだめぇ。お願いぃ。出して……。中にぃ、全部……。高司君の精子で、おまんこ満たしてぇ……」

まるで高司の迷いを見抜いたかのようなおねだり。そう言われると、良くないのではと思いながらも、誘惑に完全に負けた。高司はフィニッシュに向けて再び腰を動かす。

「ふあっ！　ん、くぅぅ！　ひぅぅぅ！　膨らんでるぅぅ……。おちんちんが、いっぱい……膨らんで……あっ！　あっ！　い……いく……んっ……くぅぅ！」

「う、うう……。伊鞠さん……。で、出ます……」

「いいよ。出して！　出して……！　おまんこに全部ぅ！　孕ませていいんだからぁぁ」

甘く悶える声にもう、高司は迷わなかった。

「くっ！　で、出ます……！　あっ……っ！　くぅ！　うっ！　うぅぅぅぅっ!!」

「ふあああ!?　あひぁああっ♪　つぁ、ん、っひぁああーーっ!?　あんっ、くぅぅぅぅぅぅぅっっっ！　んむふぅぅぅぅぅ!?」

子宮口を押し上げて精液がドクドクと注ぎ込んだ瞬間、絶頂を迎えた伊鞠の口から大きな声があがった。慌てて高司が口を押さえなかったら、絶叫がフードコート一帯に響き渡ったかもしれない。

「んむぐぅ!?　んっ……。はふぅ……んっ。おまんこぉ……精液……染み込んで……く……りゅ……はふ……あっ……んっ」

かなり溜まっていたので、射精は一度で終わらず、何度も何度も精液が噴出された。

「はぁ……。はあ……。すごく……出てる……ぅ。濃いの……いっぱいっ。あっ……。ふあ……んっ……んっ！」

伊鞠は絶頂を繰り返し、徐々に声ではなく荒く息を吐き始めた。

「あ……ふぅ。あ……。はぁ……。はぁ……。すっごく、気持ち……よかった」

まだ絶頂の波がうねっているのに、快感で惚けた表情で振り返り、高司を見つめる。

「気持ち……いっ。高司君のおちんちん……とっても、好き……ぃ。また、して？　また……誰かに見られそうになりながら……してね」

「……え？」

どうやら、伊鞠はクセになってしまったようだ……。

この日の夜。ＬＥＡＤ ｔｏで三人で作ったグループに、「高司君から大好きって言ってもらった♥　それだけでイッちゃった」という報告が伊鞠からあり、翌日は大騒ぎになった。


水曜日、午前中の授業が終わると学園の許可を取って早引きをした。

もちろん体調が悪いわけではない。高司の人生にとって大切な取り決めがあるため、学園側も承諾したのだ。

今日訪れたのは、ノービリスアクィラでも大きな会議室だった。前回は佳伽とその直属の上司である部長しかいなかったが、今回はそこに六人が追加されている。一人を除いてすべて女性で、全員が高い役職にあると紹介された。

「あなたの最近の活躍を撮影した映像と、レポートを見ています。どちらも、私たちの期待以上ですね」

部長からの説明を聞いて、高司は頭を下げる。学生選手権前のローカル大会で、高司は連戦連勝していた。大会ごとにキレが良くなり、得点も上昇している。

「でも、まだまだ全国で勝てるには力が足りません」

好成績にまったく満足できていないと訴える高司の姿に、居並ぶ人々は満足しなにか囁きながら頷いていた。

「全国大会ではルール上許される範囲でのサポートを行います。私たちも応援に伺う予定ですから。頑張ってください」

「は、はい……」

その後、三十分ほど細かい打ち合わせがありスポンサード金額が上積みされた。話し合いの最中、新しい女性たちが高司を見ながら頬を赤くしていたのは気になったが……。

「楠国君、お疲れ様。あなたの活躍、すっごい期待してるわ」

「私もよ。ふふ、この前の大会、こっそり見に行っちゃった♪」

会議室から出ると、たちまち十数名の女性社員が高司に群がってきた。どうやら会議の終わりを狙っていたようだ。

「あなたたち！　たかく……楠国君が驚いているでしょう！　休憩時間ではないんですから、仕事に戻りなさい！」

初めて聞いた佳伽の一喝。高司も驚いて振り向くと、小声で「タカ君は私のなんだからね」と言っているのが聞こえた。


「はぁぁぁ〜〜〜……疲れたよぉぉ……たかくぅぅ〜〜ん………」

あれこれと理由を作って、高司の家に一緒に帰ってきた佳伽が、玄関に入った瞬間、甘ったれた声で抱きついてきた。まだ午後も早い時間なので両親は帰ってきていない。母親がいたとしても、佳伽はこの態度だろうが。

「会社にいたときの、キリッとしたできる女はどこいっちゃったんだよ？」

「タカ君と二人きりのときは、甘えん坊さんなの。うーーー！」

ぽかぽかと軽く高司の肩を叩き、駄々をこねる。

「システムの見直しにぃ〜、新商品の開発にぃ〜、新しいネットイベントの提案にぃ〜……お従姉《ねえ》ちゃん、いっぱい、いっぱいがんばりましたぁ！　だから癒やしてぇ！」

「はいはい。偉い偉い」

練習漬けでさらに逞しくなった高司は軽々と佳伽をおんぶして、リビングに向かいソファーにぽいっと投げ捨てる。

「あーん！『お従姉ちゃん大好き』って言ってくれたのに、タカ君冷たくない⁉」

「あ、あれは……」

脅されたからだ。伊鞠との一件のあと、駅前で璃燈と佳伽に待ち伏せされ、「大好きって言わないと、この場で押し倒す」と脅された。結局そのあと渋々、「よし姉ぇ、大好き」、「璃燈さん、大好き」と言ったのだが、二人ともその場で軽くイッてしまった。

もし、あのあと偶然母親が通らなければ、ラブホテル辺りに連行されて3Pになっていたかもしれない。

そんな何かと強引な年上女性たちだったが、感謝していることはたくさんある。高司は今日のことを思い出し、ソファーに寝崩れている従姉に頭を下げた。

「ああ、えと……。今日は、ありがとう。俺、期待に応えられるよう頑張るよ」

「ううん、タカ君。それは違うよ？」

ふにゃふにゃ言っていた佳伽がソファーに座り直し、キリッとした真剣な表情で従弟を見つめた。

「私はタカ君がしたいことを支えてるだけだよ。誰かの期待に応えるなんて、考えなくていいの。タカ君は、自分とクラブのために頑張って」

ちょっと前まで情けないお従姉ちゃんだったのに、いきなり頼れる従姉に切り替わる。

（かなわないよなぁ……よし姉《ね》ぇには……）

そう思いながら苦笑していると、パタッと佳伽がソファーにくたっと倒れる。

「はぁ～～。でもやっぱり……疲れたよぉ………」

力なく呟く佳伽は、本当に疲労が溜まっているようだった。目の下にもうっすらと隈《くま》ができている。指摘したら大騒ぎなので言わないが。

「しょうがないなぁ……」

高司は荷物を床に置くと、従姉の寝ているソファーの前で片膝立ちになった。そして、佳伽の身体に腕を差し込み……。

「ふ、わ⁉ え……⁉ た、タカ君⁉」

お姫様抱っこで従姉を持ち上げて、自分の部屋に運んでいった。


「はうっ！ んっ！ いっ……！ はぁぁ、そこぉぉぉ！ そこ気持ちいぃぃぃ！」

高司のベッドの上で、佳伽が激しく悶えていた。

「変な声出さないでよ！」

「あん、だってぇ♪ タカ君、じょーずなんだもん……。ごくらくぅ～♪」

ベッドにうつ伏せに寝ている佳伽の背中を、高司は丹念に揉みほぐしていた。ツボを押されるたびに佳伽は艶っぽい声をあげるので、高司の股間は少し膨らみだしているが、従姉には気付かれないよう気をつけている。

「璃燈さんが教えてくれたんだ。部員同士でも疲労回復できるように」

「……じゃ、まさか、マネージャーの女の子に、こんなのさせてるの⁉　そ、そ、そんなのお従姉ちゃんは許しません！」

慌てて頭をあげた佳伽の背中を軽く叩く。

「させないよ、そんなの。学生の間でもセクハラとかうるさいんだから。んっ……。んっ……。興奮しないで、マッサージ受けててよ」

「うん。ふは……ぁ。あふ……あっ！　あっ……くぅ、あっ！　はぅ～ん♥」

「よし姉ぇ……わざとやってる？」

「ふぇえ？　なにがあ？　いっ……あっ、あぁぁっ！　き、気持ちいいよぉ……」

もう高司はなにも言わず黙々とマッサージを続けた。ずっと喘ぎ声を聞かされ、従姉の柔らかい身体に触れて、いい匂いを嗅いだせいで股間はかなり膨らんでしまったが……。

「はい、終わり」

「ふぁあ……。あ、ありがとう……ぉ。んっ……すごく、癒やされちゃったぁ……」

力が抜けきってトロンとした顔になった佳伽は、「はふぅ～」と満足して息を吐いた。そんな様子を見ながら、高司はベッドに腰掛けた。

「効いたのなら良かったよ。このくらいなら……俺も、できるから。えと、またしてほしくなったら言って」

「……うん。……ありがとう」

嬉しそうに微笑む佳伽だったが、よく見ると頬がピンクに染まり、瞳が潤んでいる。そして、なぜかもじもじと膝の内側を擦り合わせていた。

「あれ、どうしたの？」

「うん。えと……。あの……。あのね……。あふぅ……」

さらに顔を赤く染めて、吐息を漏らす。

「早速でごめんなさいだけどぉ……。もっと、マッサージ……お願いしていい？」

「え？　もう？　なんだ、もっと続けて欲しいなら言ってくれればいいのに。どこ？　背中？　肩？　腰？」

「ううん……」

うつ伏せに寝ていた佳伽は身体をゆっくりと起こし、高司の隣に腰掛けた。

「はぁ……はぁ……タカ君……あのね……」

「う、うん……」

色っぽく頬を紅潮させながら、佳伽は自分のスカートに手をかけた。かと思うと、パンツと一緒に降ろしてしまい、下半身を剥き出しにする。

「え⁉　よ、よし姉ぇ……⁉」

慌てる高司を見つめながら、先ほどまで横たわっていたベッドの傍らに両膝立ちになったかと思うと、上半身を前に預けてしまう。いきなりの行動に驚いて立ち上がった高司のほうを振り向き、自分の秘裂の縁に手をかけた。

「ここ……。タカ君のおちんちんで……マッサージしてほしいの……」

淫裂をグイッと開くと、むわっと淫臭が立ち上る。強烈に溢れる佳伽の牝の匂い。

「マッサージしてもらうだけで、子宮がきゅんきゅんしてたの……。それに、タカ君、おちんちん……膨らんでたでしょ？　それが、身体に、いっぱい当たって……ほらぁ」

さらに大きくおまんこが開かれると、透明な汁がトロリと流れ落ちた……。

「見て……。お従姉ちゃんのおまんこ……こんなになっちゃったの。お仕事、忙しいときも本当はタカ君のおちんちん……欲しかったんだけど……はぁ……はぁ……」

欲しくて長い佳伽の中指が、膣穴に潜り込んでいく。

「あっ……くぅ。こうやってね、慰めたんだよ？　でも……全然だめなのぉ……。はぁ、はぁ……。タカ君……お願い……。その、おっきーので……お従姉ちゃんのぉ……」

熱い熱い瞳で高司を見つめながら、中指を引き抜いた。指を挿れたせいで、入り口がぽっかりと口を開いている。

「お従姉ちゃんの……おまんこぉ……。マッサージして……？」

濃厚で淫猥すぎる従姉のおねだりに、高司は生唾を呑み込んだ。言われるままに肉棒を取りだし、佳伽の腰に手をかける。

「じゃ、じゃぁ……マッサージ、するからね……よし姉ぇ？」

「うん。お願い……。おっきーので、深いとこまで……いっぱい、解して……」

高司は生で挿れることの危険性も忘れて、膣穴に肉棒を挿し込んだ。久しぶりの佳伽の膣内は、今日も、いや今までで一番……熱かった。

「ひぁーーあ、あっ、ああ、んふぁ——あぁぁぁぁぁぁぁ……、おちんちん、挿さってる……挿さっちゃった……あああっ♪　ふあぁぁぁ！」

そこはもう肉棒が根元から溶けるんじゃないかと思うぐらい、熱かった。

「はふぅ……。ひ、久しぶりぃぃ……。ずっと、これを待ってたの……ああ、はぁ……。お願いぃぃ……擦って……。いっぱい、おまんこマッサージして……ぇ」

「う、うん……。じゃ、俺のチンポで……解すからね？」

もう一度、細い腰を掴み直し、肉棒をまずは根元まで挿入した。剛直を待ち焦がれていた膣壁がすぐに絡みついてくるが、かまわずに最深部をコツンッと叩く。硬い感触が伝わった直後、今度は思い切り引き抜いた。

再び挿し込み、引き抜く。膣襞が数枚引っぱられ、子宮口は何度も何度も叩かれた。

「あ、あ、あっ、しゅご、しゅごい、よ、ああんっ。いっ……あっ、すごいぃ！　ステキぃぃ！　あっ、あぁぁっ！　おまんこマッサージ気持ちいいよぉぉ!!」

「んっ……くぅ。よし姉ぇ？　そんなに、締めつけたら……くっ……。うまくマッサージ

できないんだけど」

「はっ……ふぅ……ごめんね。でも、無理だよぉ。ずっと、ずっと、欲しかったんだからぁ。残業帰りに寄って、タカ君を犯しちゃおうかと思ったんだけど……ふあぁぁっ！」

接合部から早くも大量に淫汁を漏らしつつ、そんな告白をする。

「でも、睡眠時間……短くしたら、体操に……悪影響だからぁ。いっぱい、が、が……ガマンしたのぉ……っ！　あっ、はぁぁっ！　んっ、くぅぅぅぅ!!」

伊鞠や璃燈と比べて、佳伽はずっと優位な位置にいる。子供のころからの付き合いなので、楠国家に来るのも難しくはない。だが、その距離

の近さが佳伽にとっては厳しいこともあるのだ。手を伸ばせば届くところに高司がいても、彼の夢のためには強烈な自制心が必要になる。

　今回はそれが限界まで高まっていた。もし、こうしてセックスをしていなければ、本当に路上で高司を押し倒して犯していたかもしれない。

「うっ、くぅぅ！　な、なんか……よし姉ぇの、おまんこ……どんどん、気持ちいいんだけど……？　この前より締めつけ凄くて、なんか……中のブツブツも……くぅぅ！」

「だって、お従姉ちゃん、何年もガマンしてきたんだよ？」

　初セックスは高司が寝ているときにこっそりと行われていた。それから何年も佳伽は、童貞を無断で奪ったことを秘密にしてきたが、二度目の挿入で完全に火が着いてしまっていた。従弟を喜ばせるために、膣穴はよりキツくなり、肉襞も肉ツブも敏感に反応するように成長している。

「ああ、それ、気持ちいい……気持ちいいよっ。あっ、あはぁぁっ！　おまんこ、いっぱい、締めてるのに……おちんちんに、無理やり、こじ開けられ、てっ！　んっ、くぅ！」

ズボズボと荒々しく入ってくる肉棒に身体を震わせた。

「穿《ほじ》られてるぅぅ！　おっきー、おちんちんで、お従姉ちゃんのおまんこ、いっぱい穿られてるよぉぉ！　あっ、ふあっ！　あっ……くぅぅ！　あっ、あぁっ！」

おっぱいや他の部分には触らず、ただただ膣穴を穿《うが》つだけの肉欲的な行為に、佳伽はどんどん没頭していく。

「こんにゃの……ん、嬉しすぎて、おまんこ……クセになっちゃう♥　全身、タカ君専用に、なっちゃうよぉ……はぁんっ♪　あっ、あぁぁっ」

肉棒の出し入れにあわせて、自然と腰を動かしてしまう佳伽。挿入のタイミングでお尻を突き出すので、肉槍の先端がより深い部分に衝突した。

「にゃうふぅぅ！　あっ、あっ！　当たる……当たるぅぅ！　気持ちいいとこ、タカ君のおちんちんが……当たって……あっ！　子宮が喜んじゃってるよぉ……」

ギュッ、ギュッと思い切り締めつけてくる肉壁に苦労しながら、高司は腰を振り続ける。

「はうぅぅ！　い、イクぅぅ！　タカ君っ……タカ君ぅぅぅ！　お従姉ちゃんね、お従姉ちゃん……イク……いっちゃいますぅぅ！　あっ、あぁっ！」

「う、お、俺も……出そう……だから……。ぬ、抜く……よ……」

「だめえええええ！　絶対にだめえええ！　出すのぉ！　お従姉ちゃんのおまんこに、いっぱい出すのぉぉぉ！」

こうなっては佳伽は言うことを聞かない。それに、高司も本心では膣内に出したくてたまらなかった。

「はっ、くぅぅぅ！　じゃあ、よし姉ぇ……出しちゃうからね？　膣内《なか》にっ……くっ！　うっ……くぅぅ！」

「うん！　うん！　出してぇぇ！　全部、全部、お従姉ちゃんおまんこに出してぇぇぇ！」

従姉の淫らなおねだりに昂奮し、高司は最後の一突きを思い切り叩き込んだ。

「んふぁーーあ、あああぁっ!!　あっ、あっ……あぁぁぁっ!!　タカ君っっっ！」

「くぅぅぅ!!　よし姉ぇっ!!　うっ……くぅぅぅぅぅ!!」

ドクドクと激しく射出される精液を子宮が受け止めた。白濁液が子宮内に染み渡るのを感じながら、佳伽は恍惚とした表情を浮かべる。

「はう……。はう……。子宮……呑んでる……。タカ君の……美味しいのぉ……。はぁ……。はぁ……。すごいっ……。一緒に、いけたの……う、嬉しい……」

満足げな笑みを浮かべる従姉だったが、まだ膣穴はがっちりと肉棒を咥え込んでいた。そして、肉棒もまたしっかりと硬さを残して反り返っていた。

「はぁ……。はぁ……。お従姉ちゃんの、おまんこ……すごく。解れました……ぁ。あふ、でも……まだ、タカ君のはカチカチさんだね……」

腹の中に埋まっている肉棒を愛おしそうに撫でるかのように、自分の腹部に手を当てた。そして、静かに腰を動かし始める。

「今度は……お従姉ちゃんが、おまんこで、おちんちんを解してあげるから……」

「あっ、ふあ……。よ、よし姉ぇ……っ！」

結局そのまま、高司の肉棒が再び硬くならなくなるまで、二人は何度も膣内射精を繰り返すこととなった……。


大会まで残り二ヶ月弱。高司はもちろん、部全体の調子が上がっていた。

「単調に同じことを繰り返すなよ！　回数をこなせば目的に達するわけじゃない！」

部員たちにやる気がありすぎるので、コーチの檄はむしろオーバーワークを注意することが主になっている。マネージャーたちも浮かれた気分はなく、真剣にサポートしていた。

器械体操競技での全国学生選手権初優勝。それに向かって、初月学園体操部全体の機運が最高潮に盛り上がっていた。

――ガシャーーーンッ‼

そんな機運のときほど、魔が降りやすい。

「楠国ぃぃぃぃぃぃぃぃ‼」

彼の技術なら難しくない技の練習中。高司は鉄棒から、落下した。


様々な検査ができる大きな病院に救急車で運ばれて数時間。

病室を出てきたのは高司の両親と佳伽。父親はショックで震えている母親を優しく抱きしめながら先に帰り、佳伽はロビーで待っている璃燈と伊鞠と会った。

「どうだったの？」

伊鞠の切迫した問いかけに、佳伽は複雑な笑みを浮かべて応じる。

「幸い……って言っていいのかな。骨折や筋断裂とかはなかったの。でも、打撲がすごくて、一週間くらいは安静だって」

伊鞠と璃燈が息を呑むのが聞こえた。重傷ではないものの、大会前のタイミングでのケガは、彼の夢を奪いかねない。

「そのあとは……タカ君の、回復力を待つしかないって……」

外科的な治療をしたところで、打撲が早く治るわけではない。痛み止めや湿布は、それを補助することしかできない。

「そう……」

暗く打ち沈む伊鞠と佳伽だったが、一人、璃燈だけが真剣になにか考えていた。

「あたしの……出番かな」

「璃燈さん、なにかできるの？」

佳伽のすがるような目に、頷いた。

「あたしの師匠に聞いてみる。西洋医学じゃ無理なことも、あの人の技術さえあれば、もしかしたら……」

「本当に？　そんな方法が……？」

西洋医学の門徒でもある伊鞠が疑いの目を向けたが、璃燈が優秀なマッサージャーなのはもうよく知っていた。自分の常識にはない有効な技術を持っていることも。

「店、クビになるかもしれないけど……。高司のためだ。カノジョとしては、命がけにならないとな」

カノジョ、という言葉にピクッと反応した二人だが、今はケンカするわけにはいかない。

「なにか、手があるんですね？」

「うん。技術習得を、あたしがすぐにできれば、だけど」

おそらくそれが並大抵のことでないことは、璃燈の目でわかった。だが、高司のためという決意に燃えていた。

「……アーユス・ラクシュミーのオーナーには、私も話をしておくわ」

「私も璃燈さんの不利にならないようにお願いします」

璃燈は照れくさそうに頬を掻いて「頼む」とボソッと言った。

「じゃあ……ちょっと行ってくるよ」

そう言って、璃燈は病院を後にした。佳伽も、伊鞠も、あとは祈るしかない。


そして。一週間が過ぎた。

高司は無事退院できたものの、まだ通学をしていない。当然練習は禁止。

「あぁ……。もう……。ちくしょう……」

自分のミスを繰り返し、繰り返し後悔していた。失敗を悟ったとき、すぐに受け身の体勢を取れば良かったのだ。なのに、無理に鉄棒を掴もうとしてバランスをさらに崩し、マットに叩きつけられてしまった。

「ちく……しょう……」

ベッドを拳でゴンッと叩くと、痛みが全身に走る。

「くっ⁉　んっ……ちく……しょう……」

どこか特定の箇所が痛いというより、身体中がくまなく痛い。やっと歩けるようにはなったものの、これではいつ練習が再開できるのか。日一日と、大会の日は迫っている。焦っても今は休むしかない。

ようやく諦めがついて目を閉じたころ。スマホにメッセージが入った。

「え？　璃燈さん？　これから迎えに行く？　……母さんには許可をもらってる？」

久しぶりの連絡は「お見舞い」ではなく「迎えに行く」だった。鉄棒から落下して以来、璃燈とは会えていないし、なにか約束もしていない。

「なんだろう……？」

もしかして忘れているのかとあれこれ考えている間に、家のチャイムが鳴った。


タクシーに乗って連れて来られたのは、アーユス・ラクシュミーの特別マッサージルーム。衝立ではなく、完全な個室になっている。

「ん……いて……っ……」

施術用のベッドに腰掛ける際も、高司は痛みに顔を歪ませた。その様子を璃燈は辛そうに見つめている。

「それで、特別なマッサージって……。本当に、早く身体が治るんですか？」

タクシーの中で聞かされたのは、東洋医術を駆使して高司の身体を回復させる話だった。詳しくは店に着いてからと言われていたので、部屋に入り落ち着くとすぐに尋ねた。璃燈の言うことが確かなら、大会に間に合うのだ。

「ああ。気功の達人でもある、あたしの師匠に詳しく聞いてきたんだ。どうやれば、お前の身体の回復を早められるか。必要な体術と薬の製作方法も会得してきた」

そこまで一気に言うと、璃燈は指を二本突き立てた。Vサインかと思ったら違う。

「二週間だ。二週間でお前の身体を元に戻す」

「えええ⁉　だって、医者は、二ヶ月は無理はできないって……」

「西洋医学なんて知らない。あたしが会得してきた技を使えば、治る。ただ、身体にはずいぶん負担をかけるがな。どうする？」

ちょっと迷った。璃燈のボディーメンテが高レベルにあるのは身をもって知っている。信用していいのかもしれない。二週間は大げさでも、家で寝ているよりはずいぶんマシに思えた。

「お願いします！」

「よし、決まりだ。じゃあ、裸になれ。パンツも脱いで、すっぽんぽんになるんだ！」

「はあ⁉　なんでですか！」

「房中術《ぼうちゅうじゅつ》を使うからだよ」

「ぼーちゅー……？　なんです？」

「人の気を整えたり、活性化するために行う技だ。男女で一体になって、体内に溢れる気の陰陽をコントロールするんだ」

とても嫌な予感がした。特に「男女で一体になって」の辺りが……。

「あの、男女で一体って……まさか……」

「セックスだ」

璃燈への信頼が一気に崩れていく。身体になにもないころなら、すぐに逃げ出したことだろう。

「せ、セックスでケガが治るなんて！　俺をからかってるんですか！」

「からかうわけないだろ！　大切なお前に、いい加減なことするわけない！」

真剣な態度で怒鳴られてしまう。

「お前にしようと思ってる房中術は、代謝を限界まであげて体内の自然治癒能力を活性化させるものだ。これは武術界で遙か昔からある回復術で、大きなケガを負った武術家が回復した例をあたしの師匠は何度も見てきたそうだ」

その師匠がどんな人なのかはわからない。ただ璃燈が大真面目で、本気で自分のことを心配してくれているのはヒシヒシと伝わってくる。高司は頭を下げて、謝った。

「すみません。信じられなかったから……」

「いいよ。あたしだって、初めて聞いたときは疑ったんだから。で、どうする？」

「……はい。……お願いします！」

もう、こうなったら璃燈の技に任せるしかない。

全裸になって仰向けになったが、さすがに恥ずかしいので股間はタオルを置いた。

「もう……。恥ずかしがり屋だな、お前。高司のちんぽなら、ずっと見ていたいのに」

施術着姿の璃燈は、手になにか透明な小瓶を持ちながら、高司の身体をうっとりと眺めていた。先ほどまでの真剣な態度はどこかに行ってしまっている。

「さぁ、房中術の最初は……筋肉全体を温めることからだ。いま、お前の身体は陰の気に支配されてるから……こうして……」

小瓶を傾けて液体を手に取ると、璃燈は高司の胸にそれを塗り込んでくる。

「うあ……」

「動くな。ジッとしてろ……」

液体は少し冷たかったが、璃燈がゆっくりとした動きで伸ばしていくと、塗られた部分だけほこほこと温かくなっている。

「あの、それなんですか？」

「漢方薬配合のローションオイルだ。いろいろ混じってるから、中身は聞くな」

かなり複雑な液体なんだなと納得したが、「ローション」という言葉が気になる。

「んっ……。よっ……。んっ……んっ……」

高司の腕や肩、首、あらゆるところに塗りたくられるローションオイル。一生懸命なせいか、璃燈の手足にもオイルがたっぷりと付着していった。

「さぁ、こっからが房中術の本番だ……はふ」

なぜか熱い吐息を漏らして、璃燈の指がタオルの上から裏筋を撫でた。そのまま肉棒の根元に移動し、向き出しになっている陰嚢の中央をぐりぐりと責める。

「え、り、璃燈さん⁉ それ……いったい……」

「邪魔するな。男の気の流れを整えるのはここからなんだよ」

厳しく言われてそれ以上追及できない。璃燈の指先は陰嚢と肛門の中間辺りを撫で、ゆっくりと押し込んでくる。まともに触れたことのない部分を責められて奇妙な感覚が身体に走った。

「う……。わ……。あ……れぇ……。くぅ……あ、熱いっ……」

最初はムズムズするだけだったのに、身体の中心から熱が溢れてくる。身体の血管という血管が膨張し、心臓もドクドクと言い始めた。代謝を限界まであげるというのは、このことのようだ。

寝ているだけなのに汗が噴き出し、まるで身体の悪いものが流れ出しているかのようだ。

「痛みはどうだ？」

「ええと……。なんか身体が軽くなってきました……くっ……うぅ……でも熱いっ……」

大量の発汗と熱のせいか、あれほどツラかった痛みが和らいできていた。それはいいのだが、困ったことに……。

「ちょっと……見るぞ……」

股間を隠しているタオルを取り払うと、璃燈が息を呑んだ。肉棒が最大限に膨張し、肉幹にはバキバキに血管が浮き上がっているのだ。カリ首は目一杯に広がって、凶悪な形状を見せていた。

「あ、あの、これ……すごく……い、痛いっていうか……」

ガチガチに尖っている肉棒は驚くほどに硬くなっていて、根元から痛みを感じてしまう。

「大丈夫だ。正常な反応だ。身体がどんどん陽の気の流れを作ってるんだ。さあ、それをもっと活性化するからな♥」

じっとりと肉棒を眺めながら璃燈は舌なめずりをし、施術着をずらしておっぱいを露出させた。驚く高司にかまわず、続いてズボンを下ろし、最後はパンツも脱いだ。

「ふふ……。いよいよだな……」

小瓶に入っているローションを乳房に塗りたくると、残りは全部熱を帯びて赤黒くなっている肉棒にたっぷりと垂らしてしまう。

「さあ、準備完了だ。これから、オイル塗《まみ》れのちんぽをおまんこマッサージしてやるよ」

璃燈がベッドに登り、高司の股間に腰を下ろした。剥き出しの淫肉が剛直をぐにょっ、ぐにょっと撫でてくる。

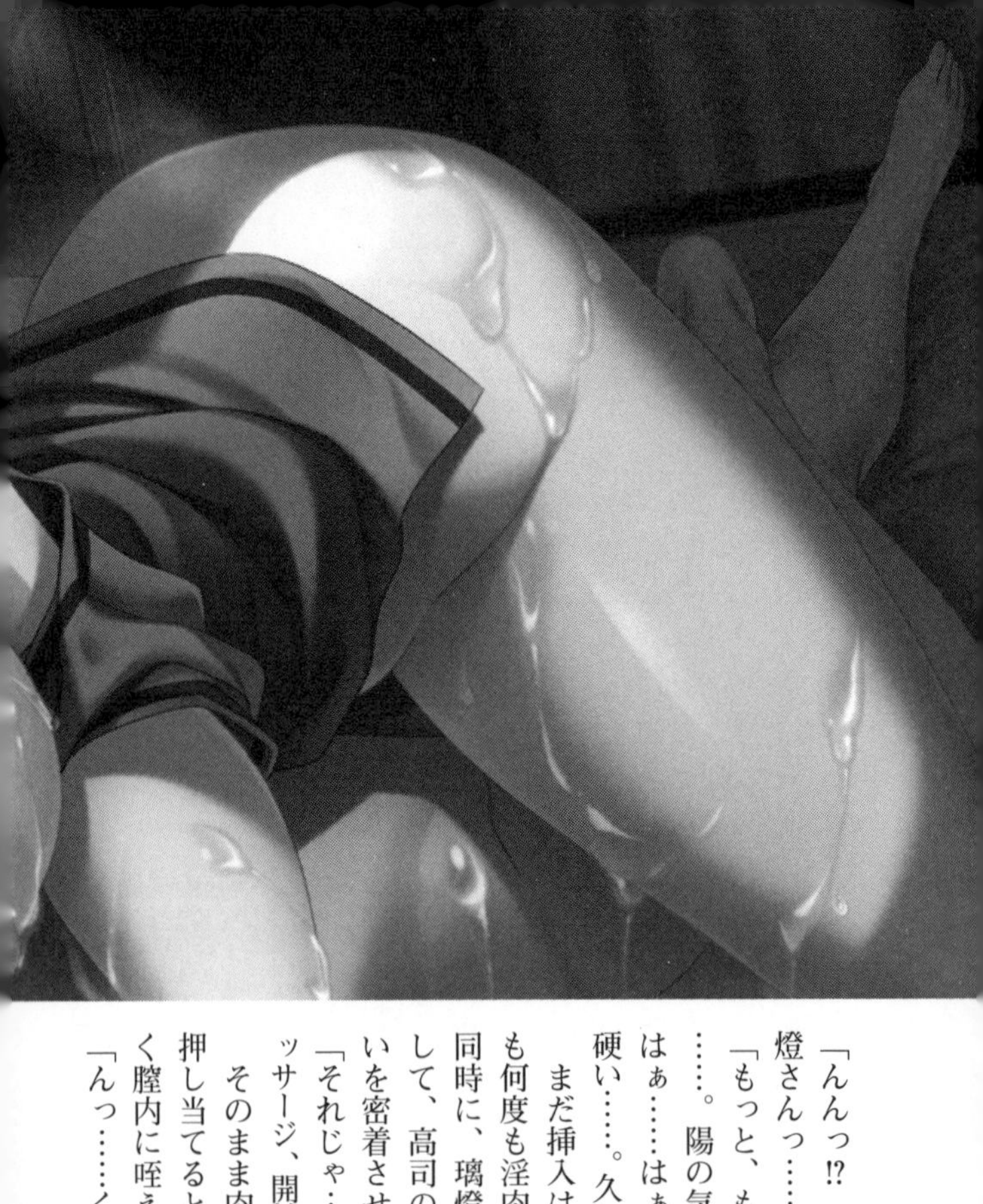

「んんっ⁉　あ……り、璃燈さんっ……んっ……！」

「もっと、もっと熱くなれ……。陽の気を高めるんだ。はぁ……はぁ……。あぁ、硬い……。久しぶりぃ……」

　まだ挿入はされず、何度も何度も淫肉で擦られる。同時に、璃燈は上半身を倒して、高司の身体におっぱいを密着させた。

「それじゃ……おまんこマッサージ、開始しま〜す♥」

　そのまま肉棒を割れ目に押し当てると、ためらいなく膣内に咥え込んだ。

「んっ……くぅ‼　すごく、

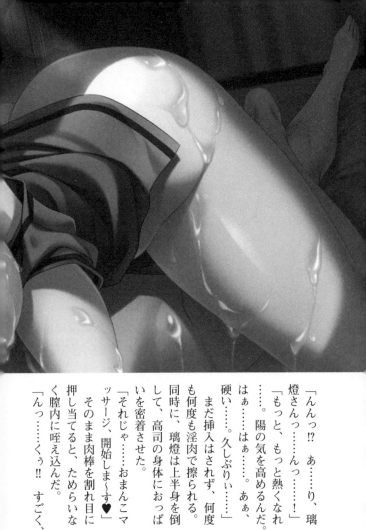

でっかくなってる……。普段と段違いじゃねーか……。はぁ、はぁ……。うまく、入るか……。くぅ……っ！　んっ……くぅぅぅ！」

「うっ！　あぁぁっっ！　り、璃燈さん……くぅっっっ……！」

　苦労しながら璃燈は自分の膣内に肉棒を押し込み、苦しみに顔を歪ませた。

「ふぁあ……。で、でかすぎ……。あたしの、おまんこ……すっげえ、広がってるぅっ」

　痛いほどパンパンに勃起した肉棒を膣内が優しく、

そして心地良く包み込み締めつける。無数の肉襞が絡みついて、扱いてくるのが気持ち良すぎる。普段なら、このまま腰を動かして璃燈の快感穴を貪るのだが、動こうとすると痛みが走る。

そうしている間も、どんどん身体は熱くなり、肉棒の膨張が止まらない。射精しないと身体がおかしくなりそうだ。そのツラさに、高司は喘ぎながら泣き言を口にしてしまう。

「あ……あ、うぅ……助けて、璃燈さん……」

涙目になって訴えられた璃燈は自分の身体を抱きしめて全身をゾクゾクッと震わせた。

「ああ……もう。なんでお前はそんなに可愛いんだよぉ……。ちょっと、い、イッちゃったじゃないか。お前……かわいすぎだ……。んっ……今日は全部、あたしに任せろよ」

優しく高司を見つめたまま、腰を上下に動かし始めた。

「ふ、わぁぁ！　こ、これは……あたしも……ヤバイかも……。くっ……。んっ、くぅ！」

強烈な締めつけのまま、肉棒が出し入れされる。ローションと淫蜜が塗りたくられていても、出し入れが難しいほどにキツい。そんな状態で動けば、当然ながら……。

「あっ、ふあああ！　これ、気持ち良すぎ……るっ。くぅぅ、ど、どう？　気持ちいいか？　んっ……くぅぅ！」

「はぁ……はぁ……。はい……璃燈さんの膣内《なか》ぁ……。最高ですっ」

「よ、良かった……。ふぅ……。ふぅ……。もう避妊薬も飲んでるからな。出したいときに出して……くぅ……い、いいぞ……。あ、あぁぁ！　い、いぃ……これ、良すぎるぅ」

　ガクガクと身体を震わせながら、璃燈は腰をゆっくりと動かした。

「く……うぅ。お、おまんこをじっくり味わえよ？　それも、た、大切なんだ……。はぁ、はぁ……。体内の、気の流れを……整えて……はっ、くぅぅぅぅ！」

　どんどん溢れてくる淫汁をガッチリと食い込んでいる肉棒に塗り込めながら、腰を動かし続ける璃燈。わずかに余裕ができて、出し入れのリズムがアップしてくる。

「んっ……んっ……。ほら、あたしの膣内《なか》に、溜まってる精液どんどん打ち込んで、甘えながらたっぷり膣内《なか》出ししろ」

　高司の頭を撫でながら、亀頭を一番奥にコツンッと当てる。

「はうっ！　くぅ……。あたしが……あたしが、ぜーんぶ、治してやるから。何もかもお世話してあげるからっ！　くぅ……んっ……あっ、はぁぁ！」

　高司は璃燈の胸に顔を埋め、ねっとり締めつけてくる膣内の感触を味わいながら肉棒を根元からピクピクと脈動させる。

「んはぁぁぁ！　う、動いてるっ……。お、あっ……くぅぅ！」

　乳房を厚い胸板に強く押しつけながら、ローションを塗りたくってくる。硬く尖った乳首が首筋を撫で、鎖骨を擦った。腰の動きは速くはならないものの、的確に肉棒を呑み込み、接合部からゴボッ、ジョボッと淫猥な水音が聞こえてくる。

「はぁ！　はぁ！　くぅ……っ……。気持ち……いっ。はぁ、はぁ……。ふふ、もっとビクビクしてきたな？」

ずぶっ、ずぶっとキツキツの膣穴に何度も出し入れされる肉槍。カリ首は反り返るほどに激しく擦られるので、気持ち良さが尋常ではない。

「は、はい……。は……あっ、あぁぁあ……。こ、こんな……されたらぁ……」

「でちゃうのか？　くぅ……。いいんだぞ？　好きなときに……出して……。おまんこに、何発……出しても……いいんだ。ほら……出せ……。ほ……らぁ……。くぅぅ！」

膣壁が肉棒をねっとりと擦り、射精を促すように蠢いてくる。裏筋はたっぷりと擦られて、すぐにでも出てしまいそうだ。

「はっ……あぁぁっ！　当たるっ！　子宮にゴッゴツ当たるっ。くっ、くぅぅっっ！　だめ、あたしが先じゃだめ……なんだから。あっ、くっ！　んっ！　んっ！」

歯を食いしばり、必死に絶頂を食い止めながら、咥え込んだ亀頭を膣奥でしゃぶり続けた。無数の肉襞がしがみついて与えられる快感。もう限界だった。

「ふ……あぁぁっ！　り、璃燈さんっ……！　俺、もう……出る……出るっ……」

「ああ、いいぞ……っ。思う存分……。あたしの中にっ、いぃい。身体の悪いモノを、全部、こっちに……っ。くぅぅぅ！　あたしが、吸い出してやるからぁぁぁ！」

「ふあぁ！　あぁぁぁ！　あぁぁぁっ！　璃燈さん……っ！」

高司は柔らかい身体に必死にしがみつき、乳房に顔を埋めながら思い切り射精をした。

「んっっっっっっっ、くぅぅぅぅぅぅぅっっっっっ!!」

「ひぁぁぁあっ!! あ……あ、あぁあっ……!! あっ、あっ、あっ、あぁぁぁっ!!」

房中術の成果なのか、精液の量も、射精の勢いはいつもの倍以上だった。それが子宮口に直接叩きつけられる。

「うくっ、ぃ、あああぁっ……な、なんて勢い、だぁ……量も、すごぉ……ふあぁっ!! ふあっ、ふあぁぁ……っ! あ、あたしは……治療ぉぉ!! んっ、あぁぁっ!!」

逞しい高司の身体にしがみつきながら絶頂に耐えようとする。だが、子宮口には再び大量の白濁塊が衝突する。

「ひんあぁぁぁぁっ!! また、き……たのぉぉ!? くぅぅ! あっ、あっ、くっ……治《ち》りょ……ぉ……あっ! あっ!! んっ、いっ……くぅぅぅぅ!!」

ついに絶頂に達してしまった璃燈は身体を何度も痙攣させながら、射精を受け止めた。

「は……あっ。はぁ……。はあっ……。なんて、射精するんだ……」

「ご、ごめんなさい……。気持ち良すぎて……」

「怒ってるんじゃないよ。すごすぎて……。ふう……」

膨張しきっている肉棒を根元までしっかりと咥え込んだまま、高司の顔をジッと見る。

「今日は……こいつを、小さくするまで……あたしが、全部受け止めなくちゃいけないんだ。だから……身体持つかなって……」

「え……それも房中術？」

「ああ。そうだ。いま、お前の身体はセックスして膣内《なか》出しすればするほど……回復する状態にしたからな」

そう言ってニンマリと微笑んだ璃燈は、激しく腰を動かし始めた。

「あっ、あっ……！　璃燈さん……。うっ、くぅぅぅぅぅ！」

「いいか？　これは治療だからっっ！　くっ！　うっ！　ほら、出していいんだからな？あ、あたしに……カノジョのあたしに……全部、全部出せよっ！　くぅぅぅ!!」

その日、高司の肉棒が萎えるまで、璃燈は汗だくになりながら「治療」を続けていった。

自分自身も数え切れないほど絶頂に達しながら……。


房中術の効果は、その夜から早速表れた。

「うわ……。身体が……なんか……。ふ……わ……」

ベッドに横たわっている高司の身体が、水面をたゆたうようにフワフワとし、身体の中を何かが流れていく。痛みはまだ残っているが、少しずつ消えていく感じがあった。ひどい筋肉痛が、ゆっくりと解消されていくのに似ている。

「もしかしたら……本当に……早く治るのかもしれない……」

初めて味わう奇妙な回復感覚に戸惑いながら、璃燈の房中術が効果を本当にあげてくれることを高司は祈るしかなかった。


二日後の昼過ぎ。高司の部屋にやってきたのは伊鞠だった。

「歯や顎へのダメージはないわ。練習中にマウスガードを使っていて良かったわ。でも、マウスガードは壊れてしまったから新しく作り直しましょう」

いつものヒラヒラとした装いで、高司の歯のチェックをしてくれる。こうしているときの伊鞠は優秀な歯科医であり、全幅の信頼を置ける。

「どう？　まだ痛みはあるの？」

「だいぶ楽になってきたんですが。寝返りするとちょっと……」

この二日で驚くほどの回復ぶりを見せており、激痛はほぼなくなっている。だが、身体を動かすのは難しく、椅子に座り続けるのもキツい。なので、伊鞠が特別出張して歯のメンテナンスをしたが、高司だけの超特別扱いなのは言うまでもない。

「うん。いいわね。それじゃ、始めましょうか」

「……はい？」

メンテが終わり、道具を片付け終えたのに、また「始める」とはどういうことなのか。

高司が疑問に思っている間に、伊鞠はさっさと服を脱ぎ始めてしまう。

「え⁉　あ、あの……先生……。どうして服を……」

「んもう……。伊鞠でしょう？」

拗ねながらブラジャーを外して巨大な乳房を揺らしながら、スカートを脱ぎ捨てた。下半身はレースの入ったセクシーな黒い下着だけ。早くも桃色の乳首をピンと勃たせ、ベッドに腰掛ける。

「璃燈さんから……聞いてるわ……。だから、今日来たの……」

まだパンツを穿いている高司の股間を優しく撫でながら、説明を始めた。

「房中術……。あまり信用してなかったけど……あなたの様子を見たら、信じざるを得ないわね。璃燈さんにいっぱい出したんですってね」

悔しそうに、勃起し始めている肉棒を布越しに握り、扱きだした。

「どうして……その話を……。は……う……」

独占欲が誰より強い璃燈のことだ。伊鞠たちに房中術を使った治療（？）の話をするとは思えなかったが……。

「連日の『治療』で、璃燈さんの身体。ずいぶん疲れちゃったみたい。本当は、彼女一人であなたの面倒を見るみたいだったけど……」

やっぱり、と思いながら不思議だった。それなら、どうして伊鞠がここにいるのか。

肉棒が大きく膨らんだことを確認して、パンツを脱がす伊鞠は驚きの声をあげる。

「まあ……。璃燈さんが言ってた、とおりなのね……すごいわ……」

ゴクッと生唾を呑んで、男根を見つめる。房中術を施されてから、高司の肉棒は膨張率があがっており、今日もしっかりと巨大化していた。それをうっとりと眺め、優しく指を這わせながら、言葉を続ける。

「昨夜、璃燈さんからＬＥＡＤ ｔｏのグループに相談メッセージが入ったの。私と佳伽さんに助けてくれないか、って……。高司君を治すには、彼女が思ったよりも女性のほうに体力が必要なんですって」

最大限に膨張した男根を両手で包み込み、そっと上下に擦り始める。

「房中術が作動するための仕掛けは、もうしたから……。あ……なんて……硬いの……。はぁ……はぁ……。あとは、交代で、あなたを治しましょう……って。ぴちゃ……」

亀頭に口付けをして、カリ首に舌を這わせてくる。

「だからね……ちゅぷ……ちゅ……。今日から……んっ……ちゅ。璃燈さんの組んだスケジュールに従って……あなたを治療することに決めたの……。ちゅぷ……んっ……ちゅ……ぴちゃ……んっ……」

自分にはなんの相談もなく決まっていることに呆れたが、どうせ拒否権などないことは理解している。身体が治る上に、三人とエッチなことができるのは高司にとっては悪い話ではない。だが、伊鞠の話を聞いて一つ気になることがあった。

「で、でも……。俺の、はぁ……。くぅ……。俺のことを治すと、伊鞠さんたちの体力を奪うことになるんじゃ……。俺のために、三人にそんな迷惑は……」

ピタッと肉棒を弄る手と口が止まった。そしてなにも言わないまま、高司の腰の上に跨がり、陰部に巨根を押しつけた。

「あのね……。私たちは、あなたが大切なの……。あなたのためなら、なんでもしてあげたいの……。私の全部、高司君にあげる……全部……っ。んっ、あっ……はぁ……」

年上の女性としての笑みを浮かべて、高司を見つめる目は慈愛に満ちていた。

「ちょっと悔しいけど、佳伽さんも、璃燈さんも……同じ気持ちよ……」

ゴツゴツとした肉幹にパンツ越しの淫裂を押しつけ、騎乗位の体勢で前後に擦りつける伊鞠。そんないやらしい姿を見ながら、高司は胸に熱いモノが込み上げていた。

「あ……ありがとうございます……。は……くぅぅ……」

「ふふ、どういたしまして。だからね、いい？」

いきなり伊鞠の目が据わり、口調も厳しくなった。

「この素敵なおちんちんで、璃燈さんとしたときよりも多く私に膣内《なか》出ししなさい！　避妊対策はしてあるから。いいわね！」

「は、はい！」

今日もまた、亀頭が赤くなるほど膣壁を擦ることになるのかと、高司は覚悟を決めた。

伊鞠はぷにっとした感触の淫肉を、何度も何度も巨根に押しつけ、擦っていた。パンツはぐっしょりと濡れており、肉棒に彼女の蜜液がたっぷりと付着している。

「は……んっ。すごい……。はぁ……はぁ……。こんな、大きいの……入るの……かしら……はぁ……んっ……んっ」

それは不安ではなく、楽しみにしているといった口ぶりだった。

「ぴくぴく震えて……ぁ、んはぁ……押し上げてきちゃう♥　んふふ、早く、お姉さんのおまんこに入れたくて震えてるの？」

「あっ……くっ……」

心を読まれた気がして、思わず目を逸らす高司。そんな可愛い彼の態度に、口許にニンマリとした笑みを浮かべた。

「ふふ……。もう……可愛いんだから……。子宮がうずいちゃう……。はふ……。璃燈さんには、なるべく挿入はガマンしてって言われているけど……」

伊鞠はパンツを横にずらして膝立ちになり、淫裂を指先でくぱぁ……と広げた。そこがよく見えるように、腰を前に突き出して微笑む。

「見て……。高司君……。この穴が、あなたのおちんちん……食べるから」

今度は高司がゴクッと生唾を呑み込んだ。ぱっくりと開いている伊鞠の裂け目。眩しいほどにピンク色の肉ビラが大きく咲き、その奥の入り口からはとろとろと蜜が流れている。むせ返るような牝の匂いがプンプンと溢れて、肉棒が反応する。

「準備……おしまい。それじゃ、高司君……。私のヌレヌレおまんこでぇ……たっくさん、癒されてくださいね♪」

ずっぷりと亀頭を膣穴で咥え込むと、慎重に腰を下ろしていく……。

「ん、ふぅぅぅ！　あっ、あぁぁぁぁ……！　熱いっ。あ……あぁ……ん、くふぅぅ！」

大きな肉棒が徐々に伊鞠の中に入っていくのが、横たわって

いる高司にはよく見えた。ひどく卑猥で、見ているだけで身体が熱くなる。

「う、うう……伊鞠さん……。ああ、熱い……。き、気持ちいいです……」

「ふわ……嬉しい……。私もぉ……。とっても……いいのぉ……はうっ……。すごく、大きく……なってる……ぅ。んっ、くっ、くぅ……くぅぅ！」

　うっとりと微笑み、さらに腰を沈めてくる伊鞠だが、膨張した肉棒がなかなか奥には入らなかった。

「あっ……ふぅ。いつもより、太く……なってる……あっ。は

ぁ♥　やっぱり、あなたのおちんちん……私のおまんこにぴったりぃ……」

ぷるりと身体を震わせたかと思うと、唇を結んでさらに奥まではめ込んでいく。そして、とうとう根元まで完全に咥え込み、子宮口を強く圧迫させる。

「くぅ……。あっ……。はぁ……んっ！　あっ……あっ!!　奥……と、届いた。は……あぁ……。奥……ぅ。すごく……当たって……」

ぷるぷると身体を震わせながら、巨根の味を確かめているようだ。

「い……。これ……。はぁ、はぁ……。さぁ、いっぱい……気持ち良く……なってね」

身体を上下動させるのかと思えば、左右に身体を回転させ、膣壁で肉棒を擦りはじめる。腰の動きに合わせて大きく波打った膣壁が肉幹を扱き、子宮口がぐいっ、ぐいっと亀頭を圧迫してくる。

「ふ……あ。い、伊鞠さん……。うっ、くぅぅ……」

「あふ……。気持ち良さそうな顔……。かわいい……。もっと、もっと、尽くしたくなっちゃう。んっ……んっ……」

たっぷりと肉棒の大きさを味わって、伊鞠は腰をわずかに持ち上げた。ゆっくりと、ゆっくりと。肉穴全体でペニスを強烈にしゃぶっていく。

「あふ……。んっ……。はぁ、はぁ……はぁ……んっ！　んっ……！」

肉棒の凹凸を確かめるように膣壁がまとわりつき、舐めるように撫で回してきた。絶えず愛液があふれ出す膣内は温かく、どこか温泉のような心地良さを感じてしまう。

「あ……はぁ……。いっ……。あなたのおちんちん、擦れるとぉ……。はぁ、はぁ……。どんどん、気持ち、あふれてきちゃう♪　お汁……いっぱい……出ちゃって……」

大量の淫蜜が噴き出したことで滑りが良くなり、伊鞠の腰の動きも大きくなり始めた。

「ごめんなさい、おちんちんの周り、私のお汁でべちゃべちゃになっちゃってぇ……。はぁ、はぁ……。あとで、キレイに舐めるから……許してね……んっ！　んっ！」

謝っている間も愛液はドロドロと流れ出し、高司の腹の上にまで熱い液が垂れてきた。

「はぁっ！　はぁっ！　んっ、はぁ……はぁ……！　んっ、んっ……！」

巨大な乳房がワサッ、ワサッと揺れ、ぶつかり合ってペチペチと音を鳴らす。快感に尖った乳首が震えるのもいやらしかった。

「はぁ、はぁ……。私が、治してあげるからね。高司君のケガ……。んっ、んっ、悪いモノは全部……私に流すのよ……。はぁ、はぁ……全部……受け止めてあげるから」

体操でゴツゴツになっている高司の手を、柔らかな伊鞠の手が包み込んだ。そこもまたふわりと温かくなり、癒しを感じる。

「はぁ、はぁ……もっと、もっと……気持ち良くなって。高司君……っ！　あっ、あっ、すご……いっ……んっ！　んっ！　こうして……あげる……っ」

単純に上下に腰を動かすのではなく、少し捻りを加えながら根元から先端まで膣壁で擦りだした。単調なストロークでも十分気持ちがいいのに、新たな刺激に高司は強く反応してしまう。

「うわっ!? い、伊鞠さん……っ!! そ、それ……くぅ! 良すぎますっ!」

「あっ……はぁ……。うれしぃ……。じゃ、もっとしてあげる♥」

ズビュッ、ズビュッと淫液を噴き出しながら、テンポよく腰を前後にくねらせて肉棒を搾り立てる。当然快感も跳ね上がり全体が甘く痺れ、鈴口が開くような感覚に襲われた。

「いいのよ、もっと気持ち良くなって……。いつでも射精していいんだからっ。私のおまんこ、あなたの精液を呑みたくて……疼いてるんだからぁ……」

絞り上げるように膣穴をギュッと縮めて、根元を擦りつけてきた。

「あっ……。んっ……。おちんちんの先っぽ、膨らんできてる……ぅ。出そう? 子宮、押し上げられて……。はぁ、はぁ……おまんこに種付けしたいっ?」

わざと卑猥な言葉を口にして、高司の昂奮を煽る。濁った愛液で真っ白に染め上げられた肉棒が何度も目の前で出し入れされ、温かい淫水の飛沫を浴びせられた。

「はぁ、はぁ……。伊鞠さん……。はぁ……。うっ……くぅぅ……」

「苦しいの? おちんちん……苦しいのぉ? いいのよ、いつ出しても。ほら……ここよ……ここに出すのぉ……」

子宮口を押しつけて、射精のポジションまで指定してくる。膨らんだ亀頭はもう爆発寸前で、カリ首は思い切り広がっていた。

「すぐに楽にしてあげる……んっ！　んっ！　ほっ、らぁ……。種付けして……。あなたの悪いトコロ、全部……受け止めてあげるからぁ……っ！　んっ！　んっ！」

最後に向けて膣襞が肉棒に吸着し扱き上げてきた。カリ首の隙間にも潜り込み、強烈に快感を与えてくる。

「はぁぁっ！　はぁぁぁっ！　伊鞠さんっ！　うっ！　お、俺……もうっ!!」

「い、いいのよ！　出してぇぇ！　おまんこにぃ、おまんこに全部だしてぇぇぇ!!」

絶頂に導かれる激しい衝撃。高司は無意識に腰を突き上げていた。

「きゃふぅぅっ!?　あっ……くぅ……。りゃめ……ぇ。動く……なんて……考えて……あっ！　だめっ！　あっ！　ふあぁぁぁぁぁっ！」

完全な不意打ちに快感の悲鳴をあげる伊鞠。膣壁は最後の力を振り絞って、巨大な肉棒を容赦なく締めつけた。

「んっっっ!!　ふあぁぁっ！　伊鞠さん、き、きつっ……くぅぅ！　で……出るっ！」

「私もぉぉ！　い……い……いっ……ちゃうぅぅぅ!!」

絶頂に合わせて収縮した膣内の最奥で、子宮口に亀頭を擦りつけながら、激しく射精してしまう。

「うっ……！　うっ！　あ、伊鞠さんっ!!　うっ、うっ、うぅぅぅぅぅっ!!」

「んっひぅううっ⁉　あ、っふぁ、んぁあぁーー！　あっ、あっ、あぁぁぁっ‼」

互いに頭の芯まで響くような快感に達し、ビクビクッ、ガクガクッと激しく身体を震わせた。その間も射精は止まらず、二回、三回と子宮口に搾りたての精液が降り注いだ。

「ふあぁぁ……ふあぁぁ……。そんな、奥に……おちんちん、ぴったり、貼りついてぇ……。あっ、あぁぁ……。私のおまんこ、あなたので、満たされてぇ……」

うっとりと妖艶に微笑みながら、伊鞠は高司の手を強く握り直す。

「あ、っはぁ……幸せぇ……♪　もう、こんな幸せ、手放せない……っ♥」

絶頂の快感に震えながらも伊鞠は腰を小さくくねらせ、熱く潤んだ瞳で高司を見つめていた。まるで新婚の妻が、夫を見つめるような視線で。

「はぁ、すごく満たされる。あなたの治療に来たのに……。こんなに幸せなんて……」

射精が終わっているのに、伊鞠は名残惜しそうに腰をくねらせながら、まだ硬い肉棒を膣穴で弄《いじ》っていた。

「こんな治療なら……。もっと、もっとしてあげたくなるわ」

尻を弾ませ、肉棒をキュッ、キュッと咥え込みながら、高司の顔を見つめた。

「ねえ……。まだ硬いわ……。もっと、していい？　ほらぁ、ピクピク……動いてるぅ。はぁ……はぁ……。ねえ？　あなたの、おちんちん、もっと気持ち良くするからぁ……」

許可をもらおうとしているのに、もう伊鞠の腰は上下にゆっくりと動き始めていた。肉槍を根元から包みこみ、先端に向かって膣襞が扱いてくる……。

「あなたになら……私の、全部……捧げます……」

そんな無防備な言葉に高司は言葉で答えず、腰を突き上げて応じた。伊鞠の動きに合わせて、ズブッ！　ズブッ！　と勢いをつけて。

「ひううっ!!　つき、刺さるぅぅ！　あっ、ふぁぁぁぁっ!!　だめよ……ぉ。高司君、まだ……け、ケガ人……なんだからぁぁ！　あっ、あぁっ、すごいぃぃぃ！」

歓喜の悲鳴をあげながら、伊鞠は夢中になって身体を動かし肉棒を貪り続けた……。


身体の回復は実感できる「治療」だったが、高司は心配もあった。

(毎日セックス漬けだと、俺もそうだけど、璃燈さんたちも、体力持つのかな……)

結局、伊鞠は意識が朦朧とするまで膣内《なか》出しを求め、絶頂を繰り返した。最後は疲れ切って、隣に崩れ落ちたほど体力を消耗していたのだ。

だが、幸か不幸か。高司の懸念は杞憂だった。

「これから四日。溜めろよ。自分でするのもだめだ。どれだけしたくなっても、ガマンしろよ。その代わり、四日すぎたら……たっぷり子宮で呑んでやるからな」

射精をガマンさせたいのか、煽っているのか。よくわからない説明を璃燈がした。

その四日の間、なにもしないわけではなく、璃燈がマッサージを施した。文字どおり、頭の先から足の裏まで丹念に、丹念に。

気の流れというのが、どういうことか高司はいまいちわからなかったが、身体に鬱屈していた悪いモノが体外に出て行くようにも思える。

「いいぞ。あたしが思ってたより回復力があがってる。でも、まだ無理はするなよ？」

家でマッサージを受けながら、高司は頷いた。


そして射精禁止明けの日。

信じられないほどのスピードで身体が回復していた。あちこちにあった激痛はすっかりなくなり、身体の重さはほぼ解消されている。それでも完全に痛みが取れているわけではなく、特に関節部分は動き方に違和感があった。

「今日から、ごく簡単な運動を教えるけど。それ以外の運動は禁止！　絶対だぞ!!」

教えられた運動は立ったり、歩いたり、指先を使うといった軽い動きだった。だが、長く寝たきりに近い状態だったため意外にキツく、汗だくになった。

それでも身体が回復しているという実感がさらに高まっており、璃燈の言うことを高司は素直に聞いていた。これならば、学生選手権への参加も夢ではないだろう。

だが、身体の回復と相まって困ったことが彼の身体に起きていた。

「あの……璃燈さん、ここ……今朝から勃ちっぱなしなんですけど……」

ケガをする前も、溜めると朝から勃起して困ったものだが、それとは別レベルの勃ち方をしている。とにかくズンと陰嚢が重い感じがしてキツい。そんな元気すぎる肉棒を見つめながら、璃燈は悔しそうに唸った。

「ううう……。本当なら、あたしが全部膣内《なか》出しさせてやりたいのに……。クジで、負けたからな……」

璃燈の説明によれば、三日はやりまくり、四日は休む。それが身体の気を整えるのに最適だという。当然、休み明けのセックスは大量に溜まった精子を味わうわけで、その順番選びは熾烈《しれつ》だったという。

「うう、あたしの分まで残しておけよ……」

そう言い残して璃燈は高司の家をあとにした。

その夜……。

「あー……んっ……。ちょ……あ、あぁ……。タカ君……どうしたのぉ……。くぅ、お従姉《ね》ちゃん……ちょ、ちょっと……恥ずかしい……よぉ……」

最高のタイミングを手に入れた佳伽がやってくると、高司はすぐさま抱きついた。従姉《え》を下着姿に剥いてしまうと、パンツをずらしおまんこを舐めだしたのだ。

「うっ！　くぅ……！　はぁ、はぁ……。タカ君が、こんなのしてくれるの……は、初めてだから……嬉しいけど……。あっ、くぅぅぅ……舌、強いぃぃ！　んっ、くぅ！」

ベッドの上に仰向けになった佳伽の足を大きく開かせ、股間に顔を埋めて徹底的に淫裂を舐めた。乾いていたそこはすぐにとろとろと愛液で満たされ、舌と淫裂の間に透明な糸が伸びていく。

「朝から、ツラくて……。やっと、できるかと思ったら……。じゅりゅ……んぶ、んぶ……れろ……れろ……」

「はふぅぅ！　嬉しい……けどぉ。無理しちゃ……。だめだよぉ……。まだ、タカ君、ケガ……な、治って……ない……んだから……あっ！　くぅぅぅんっ!!」

艶っぽい声を溢れさせる佳伽のおまんこは、完全にぐっちょりだった。裂け目を指先で大きく開かせ、さらに舌を潜り込ませる。もちろん、硬く尖った部分も忘れない。

「やぁ、らめ、そんな……ああ、広げてほじくらない、でっ。ん、んぅ……んふ、はぁ、はぁーっ……！」

戸惑い悶える佳伽の反応が嬉しくて、高司は舌を膣内にねじ入れた。たちまちビクンッと従姉の身体が反応する。

「あふぅんっ!?　あ……舌……ぁ。入って……んっ……。はぁ……。はぁ……。だめぇ、それじゃなくてぇ……。タカ君……。お願い……。本物ぉ……挿れてぇ……」

高司は淫裂から唇を離して顔をあげ、従姉を見た？

「本物って、なに？」

いつも佳伽たちに翻弄されているので、ちょっとした反撃のつもりだった。だが、高司以上におあずけをされていた佳伽の反応は、想像とは逆だったっ……。

「おちんちんだよぉ～！　タカ君のぉ、おっきくなってるおちんちんっ!!　ほらぁっ！　ここぉ！　おまんこも、子宮もすごく疼いて、おちんちん欲しくなってるのぉぉぉ！」

佳伽は自分で淫裂の両脇に手を置くと、めいっぱいそこを広げて懇願してきた。

「挿れてぇ!!　おちんちん、お従姉ちゃんのおまんこにぃぃぃぃぃ!!　早くそのちんぽ突き込んで、めちゃくちゃに、子宮叩いて！　そうしないと、おかしくなっちゃうよー！」

もっともっと焦らすつもりだったが、こんな淫らなおねだりに抗えるわけがない。

高司はパンツを脱ぎ捨てて全裸になると、佳伽に抱きつき力任せに肉棒を突き込んだ。

「んふぅ――あ、んはぁぁ、あああああああっ!!」

先端が埋まった瞬間、佳伽の身体が震え上がった。さらに数センチ進むと、またビクビクと痙攣し、奥まで入りきるまで連続する。

「んは、あ、あああ、ああ……っ♪　んん、届いて――る、一番奥まで……んはぁ！　やっと、やっと……来て、くれた……んっ！　んっ!!　んっーー!!」

再び、ビクビクッ、ビクビクッと震える身体。どうやら、小さな絶頂を繰り返しているようだ。喘ぎ声は苦しげに震えながらも、喜びをたっぷりと含んでいる。だが、そんな状態にあっても、佳伽は年上の従姉だった。

正常位で上になる高司の背中をそっと撫で、心配そうに尋ねる。

「身体は大丈夫？　お従姉ちゃんが上になろうか？　タカ君が動いてくれるの嬉しいけど、ケガを悪くするんじゃ……だめだよ？」

常に高司のことを最優先に考えてくれる佳伽に胸を熱くしながら、高司は頷いた。

「璃燈さんから、許可が出たんだ。最初の射精だけは、リハビリも含めて動いていいって。でも、二回目からは……お願いしていい？」

「……うん♥　良かった。じゃ、最初は、タカ君が……して♥　そのあとは、いーっぱいお従姉ちゃんが気持ち良くしてあげるからね」

甘々なセリフを口にしているが、一度や二度の射精では終わらせるつもりはないとさりげなく付け加えた。そして高司を安心させるように、彼の耳元で。

「お従姉ちゃん……。今日は、避妊のお薬……呑んであるから。タカ君が心配しないで、いっぱい出していいんだからね。ホント……はタカ君に妊娠させてほしいけど……」

言葉でイキそうになりかけた高司だが、必死に耐えると腰を動かし始めた。

「んー……はぁぁ！　すごい、こすれて……るぅ……！　あっ、あぁぁぁっ!!」

ぎゅうううう――と、膣内が締まり上がり、膣壁が肉棒に激しく密着してきた。肉襞も同時に蠢いて、肉棒のあらゆる部分を舐めてくるようだ。

「んふ、んふぅーーはぁ、んはぁ、あ、あああっ！　あっ、あぁぁぁっ！」

あまり激しい腰使いはするなと璃燈から厳命されているので、動きはゆっくりとしているが、肉壁の皺一つ一つが亀頭で感じられるようでもあった。

「これ、にゃの、これ、しゅごく、気持ち、いい、いいよぉ……。あっ、いっ……はぁぁん……。気持ち……いっ……あっ、あぁぁっ！」

膣奥までしっかりと突いてから、ゆっくりと肉棒を引き抜く。いっぱいに広がったカリ首には、膣襞の一枚一枚が纏わりついてきて、思わず射精しかけるほどの快感を送ってきた。気持ち良すぎる佳伽の膣内に、高司は呼吸もうまくできなくなっていく。

「よし姉ぇ……。気持ち……よすぎ……。すごいよ……。くぅぅ……」

「はうぅぅ……。嬉しいっ……。お従姉ちゃんの、おみゃんこぉ……ああ、全部、はぁ……気持ち良くなるように、され、ちゃってりゅぅ……っ！　あっ、くぅぅ！」

ギリギリまで引き抜いて、再びゆっくりと中に。子宮口に到達すると身体を密着させたまま、腰を振動させた。身体が触れあっている部分すべてが刺激され、硬くなっている乳首も、勃起して包皮から頭を出しているクリトリスも、くりっ、くりっと愛撫されてしまう。

「あっ……いっ！　ふあぁぁぁ！　気持ち、い……とこぉ……。全部、ぜんぶ……されちゃってるぅぅ！　あっ、あぁぁぁぁっ‼」

快感の喘ぎ声を至近距離で聞いていると、ついピストン運動のリズムを速めたくなる。だが、まだケガは完治していない。逸《はや》る気持ちを抑えながら、スローペースでぬぷり、ぬぷりと従姉のおまんこを肉棒で味わい続ける。

「あっ……。はぁ……。んっ、あっ……。ゆっくり、されるのも……いっ。あっ、はぁ……。はぁ、はぁ……！」

ケガをしてから璃燈、伊鞠にやられっぱなしだったので、こうして女性を責めて感じさせるのは久しぶりだった。丹念に肉棒を膣内に擦りつけ、たっぷりとその感触を楽しむと、不意打ちのように最深部へと先端をズブリと突き立てた。

「……え？　……ああっ、あああああっ‼　ふああああ‼」

軽い子宮口へのキスひとつで、腰が大きく跳ねた。亀頭がそこに当たる快感を、すっかり身体が覚え込んでいるので、軽くトントンと奥を押すだけでも敏感に反応する。

「やぁっ……あっ！　そんな軽くされてるだけなのにっ……あっ！　気持ちっ！　あっ、いっ、あぁぁぁぁっ‼」

激しく動けないのを逆手に取って、部分部分への責めを高司は重点的に行った。子宮を軽く叩きながら、大きな乳房を掴んで揉みほぐし、乳首は手のひらでコリコリと弄る。

「んっ！　ち……くびぃ！　それ、気持ちいいっ！　あっ、くぅぅ、タカ君にされると、全部……い……いぃ……。おっぱいっ、おっぱい、気持ちいい！　あっ！　あっ‼」

ゆっくりと突かれて感じ続けている佳伽だったが、その腰が高司の動きに合わせて使われ出していた。深く刺さるときは持ちあげ、引き抜かれるときは少し下げてと、貪欲に淫猥に蠢いている。

「んあぁ……。はぁ！　あっ！　いっ！　はぁ……はぁ……。お従姉ちゃんの、おまんこも、おっぱいもぉ……ひもち……いっ！　あっ、しゅご……いぃぃぃ‼」

さらに快感が高まってきて佳伽は、呂律《ろれつ》を怪しくさせながら、大きな声をあげる。膣穴は肉棒を絶対に逃すまいと激しく締めつけ、むしゃぶりつき擦ってきた。

「よ、よし姉ぇ……すごく締めてくるんだけど……」

「ら……ってぇ……。気持ちいいんだもん。おみゃんこ、気持ちいいって、喜んでるんだもんっ！　ひゃうぅぅっ！　あっ、すごい……しゅごいぃぃぃぃ！　あっ！　くぅっ！」

段々と返事に余裕がなくなり、一突きするたびに身体がぴくっ、ぴくっと反応していた。まるで連続絶頂しているかのように。そして、高司もまた気持ち良すぎる肉穴の締めつけに、限界が近付いていていた。

「はぁ……。あっ……。くぅぅ！　よし姉ぇ……っ。あっ……あぁぁ……」

「はんぁぁぁ……しゅごい……っ。しゅごいよぉ……。おちんちんで、いっぱい……いっぱい、ほじられちゃってりゅ……あっ！　タカ君……っ。気持ちいいよぉぉ……」

ギュッと愛しい従弟の身体を抱きしめながら、腰を持ち上げて肉棒を呑み込む。その動作だけでも、またビクビクと痙攣していた。

「く……。うう……。よし姉ぇ……。俺……もう……。う……くぅぅ……」

「出そうなの？　うん、いいよ……。出して……。はぁ……はぁ……んっ！　くっ！」

佳伽は堪えるように下唇を噛み、また従弟を強く抱きしめた。

「お従姉ちゃん……さっきから……。ちょっとずっつ……い、イッちゃってるみたい……。はぁ、はぁ……ちゃんと……ちゃんと……イキたい……よぉぉ……」

「よし姉ぇ……っ」

まだ万全ではない身体。だから無理は禁物だが、できる範囲で激しく腰を振る。

「ふわわわっ!?　あっ！　あっ！　当たるぅぅ！　気持ちいーとこぉぉ！　でも、でもぉ、らめぇぇ！　タカ君っ、そんな……は、はげ……はげしくぅっっ！」

「大丈夫……だからっ！　短時間だけっ！　くっ！　くっ！」

強く、強く腰を打ちつけて、パンッ、パンッと打突音が響いた。亀頭をわざと膣穴の下のほうにねじ入れ、上昇させながら天井を扱いて、徹底的に膣穴を穿りまくる。大きな絶頂前の、強烈な刺激。

佳伽は頭を左右に振りながら、大きな波となって押し寄せる快感に溺れそうになる。

「ふわっ！　ふわあああ！　いっ、いっ!!　しゅごいぃぃぃ！　しゅごいぃぃぃ！　タカ君ので、お従姉ちゃん……しゅごく……イク……いくっ！　いくっ！　いくよぉぉ！」

「あ、あぁ……よし姉ぇ！　俺もっ……もうぅ！　だめ……出るっっっっっ!!」

肉棒が最深部に入り込み、今までで最も勢いよく、かつ力強く、子宮口をコツっと叩いた。それが、佳伽を一気に最頂点まで持ち上げる衝撃となった。

「んひぁぅぅあ、あああ、ふぁあああああああぁ!!　いっ……っくぅぅぅぅぅ!!」

「くぅぅぅ！　うっ、うっ！　うぅぅぅっっっっっっ!!」

肉棒の先端から、溜まりに溜まった精液が激しく噴射された。それがまた子宮口を叩き、佳伽は短時間で二度目の大きな絶頂を迎える。

「んっくあぁぁぁっくぅぅぅぅ!?　い、いっぱい……出てりゅぅぅ！　また、いっぢゃ……うぅぅ！　いっ、いっ！　あっ!!　いっちゃうよぉぉぉ!!」

ガクガクと身体を震わせながら、連続絶頂をしてしまった佳伽。その大波はすぐに収まらず、絶頂の渦に翻弄された。

「はぁ……はぁぁぁ！　嬉しい……。タカ君の膣内出《なか》しぃぃ、久しぶりぃぃ……。はぁ……あぁ……あぁぁぁぁ……。熱いのが……。いっぱい……。いっぱい……っ」

佳伽と高司の身体はピッタリと密着していた。お互いの呼吸も、心臓の音もしっかり聞こえるほどに。当然、顔も至近距離にあり、佳伽は高司の唇に軽くキスをする。

「ちゅ……。んっ……はぁ……。はぁ……。い、いっぱい……イっちゃったよぉ……。タカ君……。気持ち良すぎるよぉぉ……」

「俺も……。よし姉ぇの、良すぎる……」

ふと、佳伽のおまんこの包容力は、伊鞠や璃燈より強いな……と考えてしまった。

「むう……」

女性というのは勘が鋭い生き物だ。高司の表情を見て、それを察知したらしい。頬を膨らませながら、従弟の耳を掴んで引っぱった。

「いま……他の二人と比べたでしょ？」

「比べてません」

即答したものの、それが嘘であることは見え見えだった。快感でトロンと蕩けていた瞳に活力が戻り、高司を強く抱きしめてコロンとベッドの上を転がり自分を上にした。

そして、静かに上半身を起こして高司を見下ろす。激しい絶頂でピンクに染まっている身体。巨大な乳房の上に、赤味が強くなっている乳首がピンっと勃起していた。

「他の二人なんて、忘れるくらい……。タカ君を気持ち良くしてあげるからね♥ いーーーっぱい、中に出すんだよ？」

佳伽は弟に淫靡な微笑みを浮かべながら、腰を激しく動かしだした……。


璃燈が提示した二週間が過ぎた。

初月学園体操部では、部員たちの明るい笑い声が響きあっていた。

「本当かよ⁉ 本当に、どこもダメージないのか‼」

「すごーい。楠国君て、超人？」

医師から告げられた「全治二ヶ月」の診断を聞いていた部員たちは、エースの不在に気落ちしていた。だが、戻ってきた高司は、まるであんな事故などなかったかのように生き生きしており、倒立や前転を美しく行ったのだ。

「身体の調子は良くなったけど、リハビリしないとだめだな。でも……また、体操やれて嬉しいよ！」

高司の明るい声に釣られて部員だけでなく、コーチたちも微笑んでいる。

「まだ時間あるし……。絶対に、学生選手権。獲ろうな」

帰ってきたエースの一言に、全員が声を合わせた。

「おう!!」


その日から学生選手権までの日々は、練習漬けだった。

高司はまずリハビリから入り、基本動作を見直し。ようやく本番用の技を組み立てられたのは、二週間前だった。通常よりあまりにも時間が短く、かなり厳しい状況にある。

だが、高司はチームのため、自分のため、そして高司のことを身体を張って支えてくれた佳伽、伊鞠、璃燈のために、絶対に優勝すると誓っていた。


あっという間に時間が過ぎ、いよいよ明後日は学生選手権会場に向けて出発する日。

高司は、アーユス・ラクシュミーでボディーケアを受けていた。選手権本番でも璃燈はサポートしてくれる予定で、今日は最後の念入りな調整にある。そのため、集中できるよう完全個室が使われていた。

「おい、もうちょっと体の力を抜け。そんなに力が入ってると、解れるものも解れないぞ」

「え？　そうですか？　そんなつもりはないんですけど……」

高司としては最高にリラックスしている状態のつもりなのに、璃燈が触ると身体のあちこちに力が入っている状態だという。

「気の巡りも悪いし……。まあ、プレッシャーだろうな。試合に対する気合が脳から全身に伝わって、無意識に力がこもってるんだろう」

「……なるほど」

「そうなると、一時的に体を解しても、すぐ硬い筋肉に逆戻りだ。参ったな。こりゃあ、まず精神を解さないと何の意味もないぞ」

「せ、精神……ですか」

肉体ならばマッサージやその他の方法で柔らかくすることができる。だが、心の問題となれば……。

「そんな顔するな。あたしが一発で全身から余計な力が抜ける、特別なマッサージをしてやるよ。ほら、ちょっとそこどいてみな」

「は、はい」

こういうときの璃燈は誰よりも頼りになる。高司は疑うことなく施術ベッドから降りて、横に立った。

と、璃燈はすぐにベッドに仰向けになって横たわり膝を立てた。施術着がめくれあがって、赤いパンツが見える。

「さあ、ちんぽを突っ込め。お前の身体に溜まってるモヤモヤを、おまんこの中にぜーんぶ吐き出すんだ」

思わずキョトンとしてしまい、璃燈を見つめる。その間に彼女は上着をずらしておっぱいを露出させ、足を左右に大きく開いていた。

「その顔は信じてないいな？　もう、房中術は経験済みだろ？　お前の精神状態を解すには、これが一番いいんだ」

璃燈がパンツをずらして、もうぬらぬらと妖しくぬめっている淫膣の入り口を見せた。

「お前をマッサージしてる間に、ぐちょぐちょだ。だから……ほら……来いよ」

練習漬けで自慰も、セックスもおあずけになっていた高司は、戸惑いながらも璃燈の中に入っていった……。


「……んっ！　ん、ふ……ふ、うぅ……ッ！　あっ……ふあぁぁぁ♪」

ねっとり包み込まれるような膣内の感触を受け止め、一気に奥まで肉棒を進ませる。何度も行った「治療」のおかげで、璃燈たちの快感ポイントは学習していた。

最初はゆっくりと膣壁を擦りながら、反応を確かめる。

「あっ……。ふあ……。んっ……。くぅぅ……。ちんぽ……気持ち……いっ。あっ、ああ……。く……。んっ……あっ！　あぁぁ……」

そして濡れ具合が増してきたら、出し入れのペースをアップする。突き入れる強さも段階的に上げていくのだ。

「はーっ、はーっ……ん、ふぅ……！　あんっ！　ぁっ、あっ、いっぱい……動き出して……。あっ……はぁぁぁっ！　んっ、はっ……くぅぅぅ！」

　個室とはいえ防音構造ではない。璃燈は口を必死に閉じて大声を出さないようにしていた。そんないじらしい姿に高司は昂奮してしまい、さらに強く責め立てる。

　今までわざと最深部まで入らなかったが、肉棒を強く叩きつけるように腰を揺らして、膣内深くまで勢いよく突いた。先端が子宮口を強く圧迫し、強烈な快感を打ちつける。

「かひぃぃぃんっ⁉　ひぃ……うっ！　くぅぅ！　あっ、そ、そこ……すご……っ。くぅぅ！　あっ！　あぁぁぁっ！　ふあぁぁ……むふふうぅぅぅ‼」

　耐えきれなくなり自分の口を右手で覆ったが、甘い声はどうしても漏れてしまう。周囲に気付かれるかもしれない。だが、高司は容赦なく動き続けた。

膣奥をリズム良く何度も何度もノックして、子宮全体を震わせる。そのリズムに合わせて膣穴はギュッ、ギュッと締めつけてくるので気持ち良さが倍増する。

「は……は、あぁ……や、ば……っ。やばい、これ……マジで、すご……すぎぃ……っ！んんっ！　こんなの……いつ……覚え……あっ、あぁぁぁっ‼」

「璃燈さんたちが……治療してくれた……から、ですよっ……んっ！　んっ！」

「ば、かぁぁ……そ、そ、そ、そんなことぉ……。治療で覚えるなんて……ぇ。あっ、あぁぁあっ‼　くそぉ……。まんこ、堕とせっ……っ、うぅぅ……子宮を疼かせろっ！」

快感に潤んだ目で高司を睨み、もっと動きやすい角度に腰を持ち上げた。そうすると、二人が繋がっている部分がよく見えてしまう。

「う……わぁ。璃燈さんの中に入ってるのが、よく見えます……。すごい、俺のが、完全に呑まれてる……」

「また、そんな……。うっ、はうぅぅ！　これは、施術なんだか……らぁぁ！　休まないで、早くぅぅ！　お前のやりたいように、思いっきりやれぇえ！」

そう言われれば、高司はもう止まらなかった。また激しく一突きで奥まで届かせ、深い場所をぐちゃぐちゃに掻き回していく。奥に強く突き入れ、すぐに引き抜き、またズブリと勢いをつけて挿し込む。

「んっ、ん……ん、ふあぁぁあっ……あっ、ひぃ、ん……！　おお、また、そこぉぉ。奥、ばっかりぃぃ！　も、もっと全力で来い……よぉ！　全国で勝つんだろう‼」

「は、はい‼」

璃燈の煽りは、高司をさらに暴走させるのに十分だった。

膣穴が激しく肉棒を締めつけてくるのにかまわず、力任せに腰を動かした。肉壁が裏返るのではと思うくらいの勢いで男根を引き抜き、突き挿れて、璃燈に快感を送る。

「あっ、あぁっ！　すごい……っ。すごすぎ……ぃ！　でも、止めるなよぉ……。そのま、そのままぁぁぁ！　ああ！　んあぁぁっ！　気持ち……いっ‼　んあああ‼」

とうとうガマンできなくなった璃燈は、大声をあげてしまう。高司はもう自分を制御することはできず、がむしゃらに肉棒を挿れ続けた。学生選手権のことも忘れて、無我夢中になって璃燈の肉体を貪っていく。

「はぁ、はぁ……子宮、あつぅ……うずきも、すごぉ……！　うっ……。くぅぅ！」

「は……はあ、は……ッ！　璃燈さん……もう少しで……お、俺ぇ……あっ、あぁっ！」

「い、いいぞ。そのまま……あたしの中に出せよ！　抜いたら、施術にぃ……ならないからな。はぁ、はぁ……。悪い気を、おまんこに全部吐き出せばいいんだからな‼」

徐々に肉棒は爆発寸前まで高まっていき、鈴口からカウパーが先走る。亀頭は大きく膨らんで、最深部を強烈に圧迫していた。

「んあぁぁっっっ……！　あぁぁぁ！　おっっきぃぃぃ！　膨らんで……るぅ！　膨らん

で……あっ！　あぁぁぁっ！　くっ……あっ！　い……いっ……」

「くあああ！　璃燈さん！　俺……俺ぇぇぇ!!　出ます!!　出ますぅぅぅ!!」

「ああ……来いっ!!　早くぅぅぅぅぅぅ!!」

引いた腰を叩きつけるように、一気に突き上げた瞬間……。

「んぁあぁぁっっっっっっ!!　あ……あ、ひぃ、いい……ッっ……んっくぅぅぅぅ！」

「くぅぅ！　うっ……うっ……うぅぅぅぅぅ!!」

膣内にありったけの精液を注ぎ込まれて、璃燈はのけ反りながら激しい絶頂に達した。

「ひぃ、ぃあぁ……っ、ぅぅんっ♪　んはぁ……あふぅ♪　おまんこぉ……おまんこ、気持ちぃ……きもち……いぃ……あっ！　あぁぁぁっ！　あぁぁ……」

どくっ、どくっと射精が繰り返される肉棒。排出される精液がすべて璃燈の膣の中に呑み込まれるのと同時に、高司は身体がどんどん軽くなっていくのを感じていた。

「はぁ……はぁ。璃燈さん……。身体から……無駄な……力が抜けてきます……」

「あふ……。あふぅ……。はぁー……はぁー……。なら、良かった……」

まだ膣穴はビクビクと痙攣し、もっと肉棒を欲しがっている。だが、璃燈はくっと唇を引き結び、高司を見つめた。

「これで……いいだろう。力が抜けたようだからな……。気の流れも良くなっている」

そう言って、高司の手を掴んで抱き寄せる。

「これで……これで、お前は大丈夫だ。無駄な力も全部抜けた。もう高司の身体は完璧な状態だぞ……」

「はい……ありがとうございます。本当に……ありがとうございます」

今度は高司が璃燈の身体を抱きしめ、唇を重ねていった……。


日本中の強豪校が集まる学生選手権。

初出場の初月学園など、学園関係者以外からはまったく注目されていなかった。

「ふふ、すっごく驚くと思うわ」

会社の主要メンバーを連れて会場入りした佳伽が微笑む。その隣に座る伊鞠も同意して強く頷いた。璃燈はケアスタッフとして帯同しており、ベンチで戦況を見守っていた。

そして演技がスタートすると、時間の経過とともに無名校に注がれる視線が増えてくる。

「すごい！　あんなに高く……」

伊鞠が感嘆の声をあげた高司の跳馬の点数は、その日の最高得点だった。

いつの間にか、場内にいる誰もが初月学園を見つめていた。ただ、佳伽たちと同年代の女性たちからの視線は一点に集中している。

「さあ、最後だ。カッコ良く決めてこい！」

璃燈の励ましに、軽く笑みを浮かべて高司は鉄棒に向かっていく。自信に満ちた、確かな足取りで。

結果は完全優勝だった。学校対抗で勝利し、個人総合でも高司は断トツ。一躍、初月学園の名前は全国に知れ渡ることになった。

スポンサーのノービリスアクィラもこの結果には大いに満足し、以後のスポンサードも確約となった。佳伽の上司からかけられた「次は世界ね」という言葉がプレッシャーではなく、楽しみに思えたことを高司は我ながら驚いていた。

そして二週間が過ぎた。

大会が終わり、取材や表彰などの色々なことが一段落して、高司がリビングでくつろいでいると母親が言った。

「あんた、感謝しなさいよ。あの美人さんたちに」

具体的に高司がどんな治療を女性たちから受けたのかを知らされていないが、ずいぶん世話になったことだけはわかっていた。

「うん……」

今日、ここに至れたのもすべて佳伽、伊鞠、璃燈のおかげだと痛感している。そんな堂々とした息子の様子に微笑みながら、母親はお茶を飲んだ。

「んっ……。それで、高司は誰を選ぶのかしら？」

「はぁ⁉」

唐突な質問に驚くと、母親はからかうような視線を送ってきた。三人と高司が、普通の男女関係でないことなどバレバレだ。

「そ、そ、そんなの……」

慌ててしどろもどろになる息子を見ながら、笑う。

「まあ。全国で優勝するよりも……難しいわねぇ～」

母親はまた笑いながらお茶を啜る。


その週の日曜日。

高司はかなり久しぶりに伊鞠の部屋にいた。といってもリビングにではなく「ウォークインクローゼット」の中で。

「全国優勝パーティーをしましょう」

という誘いがあり、佳伽、伊鞠、璃燈が集まることになったのだ。女性たちに個別には会って感謝を伝えていたものの、全員同時に集まるのは学生選手権以来のことになるので、楽しみにしていた。

ところが、玄関から入るなりクローゼットに案内され、呼ばれるまで出ないことと伊鞠に厳命されてしまう。

「もう、いいですかー？」

四度目の呼びかけまでには「まだ待ってー」と佳伽の声が聞こえていた。そして、再び外に呼びかける。

「もう、いいですかー？」

しばらく経って、璃燈の声が聞こえた。

「おお。いいぞー！」

なにかサプライズがあるのだろうと予測しながら廊下を歩き、リビングに入ると……。

「えっ………」

まったく予想していない状況がそこにあった。

「「「うふふふふ♥」」」

三人は、バニーガール姿で高司を見つめていた。

佳伽はブルー、伊鞠はパープル、璃燈はブラックの色合い。誰もが素晴らしいプロポーションをしているので、おっぱいが今にもこぼれそうだ。網タイツで包んだ長い足を組み、挑発的な視線を高司に送ってくる。

「あら、どうしたの？　入ってらっしゃい」

「ひゃ……い……」

バニーの伊鞠に促されて、ギクシャクしながら歩く。

「タカ君、バニーさん好きだもんね？」

佳伽の声に頷く。

「まったく。女にこんな格好させるなんて……すけべ♪」

璃燈にからかわれてもうまく反応できない。

もう何度となく彼女たちの身体を味わってきたが、飽きるなどということはまったくない。そんな魅惑的な女性たちが、自分好みの格好をしてくれている。

「あの、その格好……は……」

「「「ご褒美♥」」」

全国優勝の褒美ということだろう。

高司は感動で呆然と立ち尽くしてしまうが、はっと気付いた。

「えと、えと。感謝してるのは俺のほうです。みんなに助けてもらって。だから、そんな、ご褒美とか……」

本心だった。バニー姿はまぶしいが、ご褒美などと言われると恐縮してしまう。

ところが、尚も何か言おうとする高司に、璃燈が割り込んだ。

「おいおい。勘違いするなよ。ご褒美をもらうのは、あたしたちだってば」

「そうよ?」

伊鞠が頷いて、唇をペロッと舐める。

「お従姉ちゃんたち、いろいろ頑張ったからぁ……ご褒美をもらおうかな、って」

それが合図になったように、三人が立ち上がった。そして、ゆっくりと高司を取り囲み、

バニースーツからこぼれ出たおっぱいを押しつけてくる。

「あ……ふ……」

「これから、いっぱい……ご褒美もらうからな？」

「もう、硬くなってるでしょ？　うふふ……楽しみだわ」

「タカ君♪　覚悟、してね♥」


（完）

あとがき　黒瀧糸由

こんにちは、あるいは初めまして。黒瀧です。

今まで特に触れたことはなかったと思うのですが、筆者は密かに体育会系です。右肘と左膝を壊すくらい打ち込みました。だから、言いたい。

「そんな素敵なお姉さんたちに好き好きされて、しかもいっぱいあれこれしてもらって、全国優勝とかずるい！　ずるすぎる‼　くぅぅぅぅぅ‼」

……ふう。いいな、高司。

さて。本作、主人公は体操競技（器械体操）の選手ですが、筆者、この競技を見るのが大好きだったりします。最高峰の日本選手権（総合種目）が例年だと三月くらいに行われ、一般の人でも観覧可能です。

実際見に行くと、超人がたくさんいます。五輪中継でお馴染みながら、あの迫力と凄さはテレビだといまいち伝わらないなあと常々感じています。鉄棒なんて、どう見ても「そんなに飛んだら掴めないだろ⁉」ってのを掴みます。跳馬なんてとんでもないスピード。床なんて、何やってんだか、何回まわったんだかわかりません。

最高です。

体操競技の観覧きっかけがエロゲ、エロ小説というのも粋ですよ。たぶん。

……などと、とりとめもなく書いていたら、字数が尽きました。またどこかでお会いできたら幸いです。

ぷちぱら文庫

ねぇねぇ姉《ねえ》

2021年 12月 17日　初版第1刷 発行

■著　　者　黒瀧糸由
■イラスト　choco-chip
■原　　作　アトリエかぐやBARE&BUNNY

発行人：久保田裕
発行元：株式会社パラダイム
〒166-0004
東京都杉並区阿佐谷南1-36-4
三幸ビル4A
TEL 03-5306-6921
印刷所：中央精版印刷株式会社

PP412